신라전설 독룡

ORIENTAL FANTASY STORY & ADVENTURE

시니어 신무협 장편소설

dream
books
드림북스

수라전설 독룡 2 수라의 탄생

초판 1쇄 인쇄 2018년 8월 24일
초판 1쇄 발행 2018년 9월 3일

지은이 시니어
발행인 오영배
기획 박성인
책임편집 이대용
일러스트 eunae
디자인 권지연
제작 조하늬

펴낸곳 (주)삼양출판사 · 드림북스
주소 서울시 강북구 도봉로 173
대표 전화 02-980-2112 **팩스** 02-983-0660
편집부 전화 02-980-2116 **팩스** 02-983-8201
블로그 blog.naver.com/dreambookss
출판등록 1999년 3월 11일 제9-00046호

ⓒ 시니어, 2018

ISBN 979-11-283-9450-8 (04810) / 979-11-283-9448-5 (세트)

드림북스는 (주)삼양출판사의 판타지 · 무협 문학 브랜드입니다.

수라전설 독룡

2

| 수라의 탄생 |

시니어 신무협 장편소설

ORIENTAL FANTASY STORY & ADVENTURE

dream
books
드림북스

목 차

第一章

궁지

　지독문의 문주 묘리구조(猫狸鉤爪) 배량춘은 망료를 노려
보았다.

　"오채오공은 잃어버리고…… 무림총연맹엔 가입 신청서
를 내놓고도 눈 밖에 나고…… 혈라수도 죽고……."

　망료는 꿀 먹은 벙어리가 되어 아무 말도 하지 못했다.
묘리구조 배량춘은 올해로 나이가 환갑이 넘었는데 무공보
다도 잔인한 성품으로 더 유명했다.

　"덕분에 약왕문의 부문주도 탈출했지, 쓸 만했던 대막대
도마저 불귀의 객이 됐지. 아주 피해가 막심해."

　배량춘은 뒷짐을 지고 방 안을 계속 걸으며 말을 이었다.

그러다가 걸음을 멈췄다.

"나는 그게 도무지 철부지 어린아이가 할 수 있는 일이라고는 생각이 들지 않는단 말이야. 장로의 생각은 어떠신가?"

망료의 얼굴이 일그러졌다. 배량춘이 결국은 자신을 추궁하고 있는 것이다.

망료가 걸걸한 목소리로 답했다.

"문주. 그 어린놈에겐 상상하기 어려운 운이 따르고 있소이다."

"하면 장로가 좀 더 신경을 썼어야지. 그 어린놈 하나 다루지 못해 어찌 이 지경까지 오게 만들었단 말인가, 쯧."

배량춘이 말을 덧붙였다.

"장로가 너무 독단적이고 과하게 행동한다는 불만이 많아. 저번에도 혼천지를 수색하는 데 많은 인원들을 끌고 갔었고…… 이번에도 단독 결정으로 삼산봉에 인원을 대거 끌고 갔다가 허탕만 치고 돌아왔다지?"

"그건 놈을 잡기 위해서……!"

배량춘의 눈썹이 꿈틀댔다.

"잡을 게 아니라 죽일 생각을 했어야지! 앞길을 막을 것 같다 싶은 놈이 있으면 그냥 죽여 버려야지, 왜 자꾸 살려! 지금 우리 처지에 혈라수와 대막대도가 얼마나 귀한 인재인지 몰라서 그런 것이야?"

"그건…… 아니외다."

"알아들었으면 당분간 좀 쉬면서 자숙해!"

망료가 두 눈에 핏발을 세웠다.

"문주! 놈을 뒤쫓게 해 주시오! 그 뒤엔 얼마든지 자숙이 든 뭐든 하겠소이다!"

"에잉, 아직도 정신을 못 차렸어?"

배량춘이 화를 냈다.

"운남의 구 할이 산이야. 놈들이 그렇게 쉽게 잡힐 것 같아? 그런데 지금 망 장로가 눈 하나 다리 하나 없는 채로 운남을 죄 들쑤시고 다니면 남들 보기에 우리가 뭐가 돼? 우리 지독문의 체면이 뭐가 되냐고!"

"문주!"

배량춘은 발을 굴렀다.

꽝! 소리가 나며 바닥이 뭉개졌다.

"꼬마 놈이 독을 쓴다며! 이미 농노대(籠老大)와 사홍삼을 보냈어! 더는 듣기 싫으니까 그거나 내놔!"

농노대는 망료가 추락하는 사이 급부상한 지독문의 장로다. 독공에 일가견이 있어 망료와는 경쟁자이며 동시에 앙숙인 관계였다.

농노대가 나섰다는 말에 망료는 이를 갈았다. 패배감과

절망감이 온몸을 휩쌌다.

"무엇을…… 내놓으라는 것이오?"

망료가 배량춘의 눈치를 살폈다.

배량춘은 짧게 말했다.

"약왕문과 백화절곡의 비급!"

배량춘의 말에 망료는 이를 악물었다. 그것은 망료가 얻어 낸 전리품이었다. 이제는 그것마저 빼앗기게 된 것이다.

"어서!"

낮게 다그치는 배량춘의 목소리는 거부를 용납하지 않겠다는 어조였다.

더 이상 항거할 수 없다는 것을 알게 된 망료는 입술을 깨물었다. 방 한쪽에 놓은 상자를 들어 옆 부분을 눌러서 장치를 해제했다.

딸깍.

장치가 해제되는 소리가 났다.

망료가 상자를 내밀자 배량춘은 손짓을 했다.

뒤에서 대기하던 무사가 다가와 상자를 받았다. 무사가 상자를 열고 안의 책을 집어 배량춘에게 건네었다.

"왜 한 권뿐이야?"

배량춘의 말에 망료가 고개를 들었다.

"그럴 리가……."

"어?"

배량춘에게 막 책을 건네던 무사가 움찔하며 책을 놓쳤다.

털썩.

"뭐하는 거야?"

배량춘이 짜증을 내다가 흠칫했다.

무사의 얼굴이 푸르스름해지고 코에서 피가 흘렀다. 무사가 무릎을 꿇었다.

"으윽! 으으윽!"

무사가 괴로워하며 바닥을 굴렀다.

망료가 급히 책을 주웠다. 그러다 책에 꽂혀 있는 독침을 발견했다.

전신에 땀이 배었다.

"이, 이게 왜?"

그러고는 책을 넘겨 보았다.

아무리 넘겨도 내용은 하나도 없이 비어 있다. 이건 망료가 곽오에게 준 가짜 비급이다.

"어떻게 이게 여기에……."

망료는 황급히 배량춘을 쳐다보았다.

배량춘의 표정이 아주 싸늘했다.

일이 어떻게 돌아간 건지 대충 알겠다는 얼굴이었다.

"쯧."

배량춘은 혀를 차며 한심하다는 눈초리로 망료를 보더니 휙 하니 방을 나가 버렸다. 이제 망료가 지독문에서 어떤 취급을 받게 될지 안 봐도 뻔했다.

"으윽! 으윽! 자, 장로님. 사, 살려 주십쇼!"

독에 중독된 무사가 바닥을 구르며 괴로움에 소리치는데도 망료는 그 말이 귀에 들려오지 않았다.

"크아아아!"

망료는 있는 힘껏 노호했다.

"이놈 진자강—!"

＊　　　＊　　　＊

다그닥, 다그닥…….

쉬지 않고 달리던 말의 걸음이 조금씩 느려졌다.

다각, 다각.

점점 속도가 줄어 이제는 천천히 걷는 정도가 되었다.

"말이 지친 것 같아요. 좀 쉬어야겠어요."

진자강이 말했다.

그러나 뒤에 탄 용명에게서 답이 들려오지 않는다.

"아저씨?"

진자강은 용명을 올려다보았다.

용명은 땀을 뻘뻘 흘리고 있는데 입술이 붓고 입이 뒤틀려 있었다. 정상적인 상태가 아니다.

"아저씨."

그제야 감겨 있던 눈을 겨우 뜬 용명이 어눌하게 말한다.

"미안하다…… 나는 글렀다……."

그러더니 눈에 허연 자위를 드러내며 말 위에서 굴러떨어졌다.

쿠당탕.

말도 놀랐는지 제자리에 섰다.

이히히힝!

진자강은 당황했다.

'아! 중독!'

용명의 중독을 미처 생각하지 못한 진자강이었다.

똑같은 독에 당했어도 진자강은 별 탈이 없다. 이미 증세가 발현되었다가 가라앉은 뒤였다. 그래서 무심코 용명도 그럴 거라 생각하고 말았다.

'바보같이…….'

용명은 진자강과 다르다. 중독이 가라앉기는커녕 점점 심해져서 상태가 더욱 악화되었을 뿐이다. 이게 보통의 사람들이 중독되었을 때의 증상인 것이다.

진자강은 뒤를 돌아보았다. 이제껏 달려온 구불구불한 산길이 이어져 있었다.

아직은 아무도 보이지 않지만 언제 추격자가 달려올지 알 수 없었다. 당장이라도 쫓아와서 칼을 휘두를 것만 같은 불안감이 든다. 아니, 이미 머잖은 곳에 추격해 왔는지도 모른다.

말도 지쳤다. 지금은 더 이상 둘을 태우고 달리기 어려워 보였다.

'어떻게 하지?'

중독된 용명을 치료하는 건 둘째 치고 용명을 말 등에 다시 태우는 것도 진자강 혼자서는 힘든 일이다.

살아남고 싶다면 몸이 가벼운 진자강 혼자 이대로 말을 타고 달아나는 게 최우선이었다.

아무런 방법도 없는 마당에 물에 빠진 사람 구하자고 다 같이 죽을 수는 없는 노릇이니까.

하지만 진자강은 약왕문의 사람들이 자기를 살리려 죽어간 모습들을 잊을 수가 없었다. 용명 역시 진자강을 살리기 위해 몸을 내던졌다. 그의 꿰뚫린 어깨에서는 아직까지도 피가 배어 나오고 있었다.

그렇게까지 약왕문 이들의 죽음과 희생을 딛고 살아남았는데 그걸 아무것도 아닌 것으로 치부할 수는 없었다.

진자강에게 반드시 살아남아 해야 할 일이 남아 있더라도 그 과정이 온통 배덕(背德)으로 가득하다면 그것은 결코 옳은 길은 아닐 터였다.

무엇보다 진자강은 감정적으로 심하게 동요하고 있었다.

망료에게 고초를 겪고 곽오에게 배신당하며 닫혔던 마음의 벽이 용명과 약왕문의 사람들로 인해 조금이나마 열렸던 것이다.

그래서 더더욱 용명을 이대로 내버려 둘 수 없었다.

그냥 달아나는 게 최선이라는 걸 알면서도.

"후우."

진자강은 길게 숨을 토해 냈다.

고민은 길어지지 않았다. 오래 할 만큼의 시간도 없었다. 진자강은 결단을 내리자마자 배에 꽂힌 비도를 뽑았다.

주륵, 피가 흘렀지만 이를 악물고 참았다. 이런 일로 호들갑을 떨기에 진자강은 너무 지독한 일들을 많이 겪었다.

진자강은 대충 옷으로 배를 두른 후 말에서 내렸다.

팔다리가 굳어 가고 있는 용명이 그런 진자강의 행동을 보며 고개를 가로저으려 애썼다.

"아, 안 돼. 너, 너라도 가…… 거라."

그러나 용명은 말을 하다 말고 진자강의 눈빛에 흠칫 놀랐다.

진자강의 눈이 매우 차분하게 가라앉아 있었던 것이다. 아까까지 울부짖으며 감정을 마구 토해 내던 아이의 눈빛이 아니었다. 방금까지 고민하던 아이의 눈빛도 아니었다.

그 짧은 사이에 이미 흔들리지 않을 만큼 정신을 추스른 진자강이었다.

용명은 더 이상 진자강을 말릴 수 없다는 걸 깨달았다. 가라고 해도 버틸 태세다.

진자강은 용명의 옆에 무릎을 꿇고 앉아서 용명의 상태를 살폈다.

팔다리를 만져 보니 뻣뻣하고, 말을 하는데 혀가 굳어서 발음이 제대로 되지 않는 듯하다.

아까 전 진자강도 겪은 증상이다. 이런 증상을 일으키는 독이 무엇인지 진자강은 잘 알고 있다.

"하돈의 독이에요. 하지만 전 해독할 방법을 몰라요. 만일 방법을 아신다면 제가 할 수 있는 걸 말해 주세요."

산 채로 수백 가지의 독에 실험당했던 진자강이었다. 심지어 망료는 매번 독의 증상에 대해 설명까지 했었으니…….

"네…… 가……."

네가 그걸 어떻게 아느냐고 물으려다가 용명은 점점 혀가 더 심하게 굳어 가는 걸 느꼈다. 어차피 진자강이 포기하지 않을 거라면 말을 최대한 아껴야 했다.

"초…… 오."

용명이 힘겹게 말을 내뱉었다.

진자강은 용케도 그 말을 알아들었다.

"초오(草鳥). 투구꽃 말씀하시는 거죠?"

용명이 눈을 깜박거려 맞다고 확인해 주었다.

투구꽃은 극독을 가진 식물이다. 하지만 하돈의 독과는 서로 상극이기 때문에 둘이 만나면 상반된 길항 작용을 한다.

운이 좋으면 살아날 가능성도 있는 것이다.

매우 위험하지만 지금으로써는 그것이 증상을 완화시키고 독기 발현을 늦출 수 있는 유일한 방법이었다.

진자강은 지체 없이 몸을 일으켰다.

그리고 주변을 둘러보았다. 바닥에 흔적이 너무 많이 남았다. 말 발자국이며 굴러떨어진 흔적이며.

추격자들이 온다면 백이면 백, 이곳부터 수색을 시작하게 될 것이 뻔했다. 지금으로써는 진자강이 용명을 멀리까지 옮기기에도 힘드니 금세 발각될 터였다.

'투구꽃이…….'

투구꽃은 주로 높은 산의 냇가나 습한 그늘에서 자란다. 운이 좋다면 금세 찾겠지만 그렇지 못하다면 오랫동안 헤매고 다녀야 할 수도 있다.

만일 그사이에 추적자들이 온다면 용명과 진자강은 죽은 목숨이다.

더 이상 말을 타고 달아날 수 없으므로 진자강이 할 수 있는 건 하나뿐이다. 초오를 찾고, 용명이 어느 정도 회복되면 걸어서 산을 타고 달아나는 것이다.

그러기 위해서는 시간이 필요하다.

'시간을 벌어야 해.'

진자강은 생각했다.

'우리가 얼마나 왔지?'

둘이나 태우고 왔으므로 말이 빨리 달리지 못했다. 뛰다 걷다 뛰다 걷다 한 걸 생각해 보면 대략 백 리 정도 온 것 같다.

하늘을 봤다. 이른 새벽에 출발했는데 지금은 해가 중천에 떠 있었다.

'대충 반나절쯤 지났어.'

두 시진 동안 백 리 정도를 온 것이다.

지독문에서 추격대를 꾸려 급파했다고 쳐도, 한 시진 정도는 걸렸을 터.

추격대가 경공으로 한 시진을 쫓아왔다고 생각하면, 대략 오십 리 정도는 따라왔을 것이다.

그렇다면 시간상으로는 반 시진, 거리상으로는 오십 리쯤의 여유가 있다고 볼 수 있었다.

'투구꽃을 찾고 아저씨가 회복하는 걸 기다리려면 최소한 하루의 시간은 필요해.'

지금 남은 시간은 잘해야 반 시진 남짓이다.

진자강은 단전에서 독기를 끌어 올렸다. 금세 손가락 끝이 부풀었다.

믿을 건 오직 이것뿐.

진자강은 이를 악물었다.

*　　　*　　　*

이히히힝!

다그닥, 다그닥.

용명은 말이 떠나는 소리를 들었다. 몸은 딱딱하게 굳어 가고 있지만 정신은 멀쩡했다.

'안 돼. 무슨 짓을 하려는 거냐!'

방금 진자강은 용명을 길에서 벗어난 숲길에 끌어다 놓았다. 그리고 나뭇가지며 나뭇잎으로 용명을 은폐시켰다.

열 살 아이가 다 큰 어른을, 그것도 부상을 입은 채로 끌고 가는 게 쉬울 리 없을 텐데도 진자강은 앓는 소리 한 번

내지 않고 그렇게 했다.

시간을 꽤 들여서 꼼꼼하게 주변 정리까지 했다.

그러더니 갑자기 말을 타고 온 길로 되돌아가기 시작한 것이다.

'도대체 무슨 생각으로…….'

정신이 멀쩡한 탓에 용명은 더욱 불안하기만 했다.

마비되어 손가락조차 움직일 수 없는 처지로 마냥 기다려야 하는 자신이 원망스러웠다.

*　　*　　*

지독문의 추격대가 용명과 진자강을 뒤쫓기 시작했다.

은교령 사홍삼과 농노대, 그리고 진자강을 놓친 바 있는 날명도가 다시 합류해 무사들을 이끌고 나섰다.

"놈들이 외부와 접촉하게 되면 골치 아파지니 운남을 빠져나가기 전에 서두릅시다!"

추적에 능한 사홍삼이 지휘를 맡아 추격대를 인솔했다. 사홍삼이 경공을 쓰며 앞서 길을 달리자 그 뒤를 따라 농노대와 날명도, 그리고 지독문의 무사 스무 명이 함께 경공을 펼쳤다.

지독문의 무사가 이백여 명 정도이고 그중에서 제대로

된 무공을 할 줄 아는 게 반수도 되지 않는다는 걸 생각하면 상당한 전력을 투입한 셈이었다.

그도 그럴 것이 진자강이나 용명은 지독문의 실상을 알고 있는 것이다. 둘이 외부로 나가게 놔둘 수 없었다.

진자강이야 나이가 어리니 그렇다 치더라도 용명은 약왕문의 부문주로서 외부에 상당한 인맥을 가지고 있었다. 지독문의 입장에서 보자면 진자강보다도 훨씬 위험한 존재였다.

더욱이 찾지 못하는 시간이 길어지면 무림총연맹 운남지부가 개입할 여지가 있었고, 그것이 곧 지독문의 내정에 대한 간섭으로 이어지게 되는 최악의 상황이 벌어질 가능성도 있었다.

지독문의 문주 묘리구조 배량춘으로서도 그것만큼은 결단코 막아야 하는 일이었기에 추격대를 대거 투입한 것이었다.

반 시진에서 한 시진 정도를 달렸을까.

추적대의 앞쪽에서 뭔가가 달려오는 게 보였다. 사홍삼의 눈이 이채를 띠었다.

"음?"

이히히힝!

어이없게도 그건 사람을 태우고 있지 않은 빈 말이었다.

무사들이 사홍삼을 주목했다.

어떻게 해야 하느냐는 의미였다.

"세워."

사홍삼이 명령을 내렸다.

지독문의 무사 한 명이 날렵하게 경공을 발휘해 달리는 말의 위로 올라탔다. 그다음 말의 고삐를 낚아채 멈춰 세웠다.

"워워."

말에 올라탄 무사가 말의 갈기를 툭툭 치며 쓰다듬어 주었다.

푸르르르, 말이 투레질을 했다.

말을 본 날명도의 표정이 묘해졌다.

"놈들이 타고 갔던 말이다!"

"음?"

왜 용명과 진자강이 타고 갔던 말이 되돌아왔을까?

"말을 버리고 달아났나?"

사홍삼의 말에 날명도가 고개를 저었다.

"그럴 리가 없소. 내 비수가 관통했으니 둘 다 중독되었을 것이오. 조금이라도 멀리 가려면 말을 타야 하오."

"하지만 중독이 심해졌다면 더 이상 말을 탈 수 없는 몸 상태가 되었을 수도 있을 것이오."

"으음, 그 말이 맞소. 그럴 가능성도 있을 것 같소이다."

사흥삼과 날명도가 대화를 나누다가 보니, 말에 올라탔던 무사가 자신의 손을 살피고 있었다.

"무슨 일이냐?"

무사가 머쓱하게 웃었다.

"아닙니다. 고삐를 잡다가 가시가 박힌 것 같아……."

"가시?"

뜬금없이 무슨 가시란 말인가?

그런데 무사의 얼굴이 금세 허옇게 떴다.

무사는 갑자기 가슴을 쥐어뜯더니 그대로 말에서 떨어졌다.

쿵!

"헉헉헉헉."

"뭐야!"

말에서 떨어진 무사가 바닥을 구르며 거품을 물었다.

"끄윽, 끄윽!"

무사들이 놀라서 다가가려 하는데 농노대가 나서서 막았다.

"물러들 서거라."

농노대는 독의 대가다. 본능적으로 독이라는 걸 알아챈 무사들이 황급히 물러났다.

농노대는 풍채가 좋은 노인으로 짧은 콧수염에 상투를
틀어 올리고, 학사들이 책을 담아 가지고 다니는 작은 책궤
모양의 상자를 짊어지고 있었다.

농노대는 소매에서 녹피 장갑을 꺼내 꼈다.

그리고 무사의 팔목을 붙들고 가만히 맥박을 살폈다. 사
흥삼과 날명도가 내공을 끌어 올리고 다가갔다.

"독입니까?"

"맞네."

"어떤 독입니까?"

농노대가 무슨 소리냐는 듯 둘을 쳐다보았다.

"어허, 이 사람들아. 사람이 중독되었으면 살 수 있는지
없는지부터 알아보는 게 순서 아닌가."

사흥삼은 대꾸를 하지 않았다. 농노대가 사람을 소중히
생각하고 성품이 인자해서 그런 말을 한 게 아니라는 걸 알
아서다.

"아무래도 못 살리겠군."

농노대의 말에 날명도가 의아해했다.

"중독이 심합니까?"

"그런 것도 있긴 한데, 무슨 독인지 아직 모르겠어."

"혹시 노대께서도 모르는 종류의 독이라면……."

"거참 성질 급한 친구일세. 이놈이 죽어야 어떤 독인지

확실하게 알 수가 있으니 죽을 때까지 좀 기다려 보게."

중독된 무사는 그 말을 듣고 농노대의 옷깃을 꽉 붙들었다.

"끄윽, 끅!"

농노대가 내공을 써서 무사의 손을 누르자 무사의 손이 비틀리며 농노대의 옷에서 떨어졌다.

농노대가 날명도를 보며 말했다.

"아, 다른 오해는 말게. 꼬마 아이가 독을 쓴다는 얘기를 들었다네. 이 독의 정체를 확인하지 못하면 우리 모두가 위험해질 수 있기에 그런 것이야."

날명도가 쓴웃음을 지으며 물러났다.

중독된 무사는 거품을 줄줄 흘리며 고통스러워하고 있었지만, 농노대는 아랑곳하지 않았다.

"컥컥!"

얼마 지나지 않아 중독된 무사는 오줌까지 지렸는데 피가 함께 배어 나왔다.

농노대가 다시 무사를 살폈다. 가시에 찔린 부분을 보고 눈을 까뒤집어 보고 입을 벌려 살폈다.

"찔린 피부 거죽에 궤양이 생겼고, 입이 말랐어. 입에서 마늘 냄새 비슷한 게 나고, 혈뇨를 보았으니……."

농노대가 고개를 끄덕였다.

"듣던 대로 비상이군. 심지어 급성 중독을 일으킬 정도로 굉장히 독성이 강한 비상이야. 어떻게 이런 것을 손에 넣었을꼬."

그사이에 중독되었던 무사는 죽었다.

"쯧쯧, 아까운 인재가 죽었어."

농노대는 혼잣말을 하면서 말에 가까이 갔다. 말의 고삐를 유심히 살피던 농노대가 고삐에 붙어 있던 짓이겨진 풀의 파편을 집어냈다.

"도깨비 가지일세. 도깨비 가지의 가시를 뜯어내어 독을 묻히고 고삐에 심어 놨구먼."

사홍삼이 인상을 썼다.

"뒤쫓아 오지 말라고 위협하는 건가?"

농노대가 껄껄 웃었다.

"위협을 한다는 건 놈에게 문제가 있다는 뜻이지. 이런 독한 비상은 우리 지독문에서조차 쉽게 구할 수 없네. 아마놈이 가진 독은 거의 떨어졌을 걸세."

무사들 중 몇몇이 안도의 한숨을 내쉬었다. 독은 귀찮은 데다 위험해서 아무래도 추격 중에는 신경이 많이 쓰일 수밖에 없었다. 그 독이 별로 남지 않았을 거라니 안도가 되는 것이다.

사홍삼이 죽은 무사의 시체를 길가로 옮겨 놓고 무사들

을 향해 손짓했다.

"지금부터 수상한 흔적이 발견되면 허투루 넘기지 말고 모두 보고하라."

"옛!"

사홍삼은 추격대의 속도를 조금 늦췄다.

말의 상태를 보아하니 아무리 늦어도 한나절이면 따라잡을 수 있는 거리라 보았다.

그러나 추격대는 얼마 가지 않아 금세 멈춰 서야 했다.

"앞쪽에 놈들의 흔적이 있습니다!"

길가의 수풀에 풀들이 눌려 있는 게 보였다. 마치 그곳에 누웠다가 간 듯한 자국이었다.

"확인하라."

무사 한 명이 조심스레 가서 자리를 확인했다.

"풀에 진액이 배어 나와 있는 걸 보면 얼마 되지 않은 것 같습니다. 크기는 어른의 것이 아니라 아이가 누웠던 것 같습니다. 그리고……."

흔적이 있는 곳 옆의 나무에 뭔가가 새겨져 있었다.

무사가 다가가 나무에 새겨진 정체 모를 글씨를 읽으려 했다.

그런데 무사는 갑자기 발바닥에 통증을 느끼고 껑충 뛰었다.

"악!"

무사의 발바닥에는 비도가 박혀 있었다. 비도가 바닥에 거꾸로 심어져 있었던 것이다.

날명도가 진자강의 배에 박았던 바로 그 비도였다.

"끄으윽!"

무사는 이를 악물고 즉시 비도를 뽑아 버렸다. 그리고 품에서 약을 꺼내 먹으려 하였으나, 먹을 새도 없이 고꾸라지고 말았다.

무사가 경련을 일으켰다.

농노대가 다가가 확인했다.

"이번에도 비상의 독일세."

사홍삼의 얼굴이 찌푸려졌다.

날명도가 농노대에게 물었다.

"비상은 해독약이 없습니까?"

"이놈이 쓰는 비상은 이제껏 우리가 알던 비상과는 전혀 다른 강력함을 가진 비상일세. 이 비상의 재료 조합비(調合比)만 알아도 해독약을 어떻게 맞춰 보겠는데, 여기가 내 연구실도 아니고 당장엔 어쩔 수 없네. 놈이 가진 해독약을 빼앗는 수밖에."

농노대가 고개를 설레설레 저었다.

하기야, 그 대단한 혈라수나 대막대도까지도 죽게 만들

었다는 독이 아닌가!

"기분이 좋지 않군."

사홍삼은 불편한 표정으로 추격대에 명령을 내렸다.

"계속 간다."

이번 추격전, 의외로 난항을 겪을지도 모른다는 생각이 든 사홍삼이었다.

추격대는 또 얼마 가지 않아서 멈췄다.

"숲길을 헤치고 걸어간 흔적이 나 있습니다!"

길가에 덩굴이 무성하게 우거진 수풀이 있었다.

거기에 아주 명확하게도 덩굴을 마구 헤치며 지나간 흔적이 남아 있었던 것이다. 덩굴 가지가 꺾이고 부러져 있기까지 했다.

"누가 봐도……."

날명도는 말을 하다 삼켰다.

'누가 봐도 나 이리 지나갔소.' 하고 드러낸 듯한 흔적이었다.

사홍삼이 길을 살펴보니 바닥에는 말 발자국이 왕복으로 겹쳐 있다.

말이 여기보다 더 지나쳐서 앞까지 갔다가 되돌아왔다는 뜻이다.

그러나 그렇다고 해도 그게 속임수인지 어떻게 알겠는가? 여기서 진자강과 용명이 내린 다음에 말이 앞까지 달려갔다가 다시 돌아왔을 수도 있고, 말을 타고 갔다가 되돌아와서 여기서 산길로 달아났을 수도 있는 것이다.

어느 쪽이든 확인해 보지 않을 수는 없는 노릇이다.

"확인해!"

사홍삼은 무사들 중 한 명을 지정해서 명령했다. 턱수염이 덥수룩한 털보 무사가 나섰다.

내공이 반 갑자 수준이지만, 그래도 무사들 중에선 가장 내공이 깊은 자였다.

털보 무사는 돼지가죽으로 만든 돈피 장갑을 꼈다. 사슴 가죽인 녹피 장갑보다는 하급이지만 그래도 독을 막는 데에는 도움이 된다.

털보 무사가 조심스레 덩굴로 들어섰다. 덩굴을 헤치고 지나간 자취가 역력해서 길을 놓칠 이유가 없었다.

털보 무사는 자꾸 엉겨드는 덩굴 가지를 밀치며 들어가다 말고 멈추었다. 그리고 뒤를 돌아보면서 어이가 없다는 듯 말했다.

"일 장 앞에서 흔적이 끊겨 있습니다. 그 뒤로는 인적이 전혀 없이 수풀만 무성합니다. 손상된 흔적도 전혀 없습니다."

덩굴을 조금 헤치고 들어가다 만 흔적이라는 뜻이다. 덩굴을 헤치고 가려다 생각이 바뀌어서 다시 돌아 나온 것일까?

사홍삼이 콧방귀를 뀌었다.

"시간을 끄는 건가."

하지만 그건 단순한 시간 끌기 방법은 아닌 듯했다. 덩굴로 들어간 털보 무사가 걸어 나오다가 그대로 쓰러진 것이다.

"꺼억!"

쿵!

앞으로 고꾸라진 털보 무사는 호흡이 곤란한지 계속 숨을 몰아쉬었다.

내공을 끌어 올리며 대항하려 했지만, 고통만 더욱 가중될 뿐이었다. 순식간에 눈에 실핏줄이 터져 눈이 시뻘게졌다.

농노대가 다가가 보니, 돈피 장갑을 낀 손은 괜찮은데 덩굴의 가시에 쓸린 얼굴과 목이 문제였다. 벌써 쓸린 데에 피부가 부풀고 궤양이 생겨 있었다.

농노대는 덩굴을 확인했다. 사람이 지나간 듯 둥글게 구멍이 생겨 있는 덩굴들.

그 덩굴들 전체에서 희미한 유황 냄새가 났다.

놈은 배포 좋게도 덩굴 전체에 독을 살포해 놓았던 것이
다!

농노대는 덩굴을 보며 생각했다.

'진자강이라는 놈이 혼천지의 유황 지대에서 살아왔다
는 건 유명한 얘기지.'

그 혼천지에 무엇인가가 있었던 게 틀림없었다. 진자강
에게 이 엄청난 맹독을 얻을 수 있게 한 무언가가.

그렇지 않다면 망료가 그렇게 진자강이란 놈에게 집착할
리 없는 것이다.

'멍청한 망료, 보물을 놓쳤구나. 이놈은 내가 먹어 주
마.'

농노대는 자신을 보고 있는 사흥삼과 날명도, 무사들을
향해 웃음을 지어 보였다.

"이곳에서 독을 대량 살포한 것 같네. 걱정 말게. 아무
리 놈이라도 이런 독을 무한정으로 가지고 있진 않을 것이
야."

사흥삼이 고개를 끄덕였다.

"계속 간다."

그사이에 죽은 털보 무사의 싸늘한 주검은 길옆으로 치
워졌다.

얼마나 더 갔을까?

"앞쪽에 갈림길입니다!"

앞서 보냈던 무사가 소리쳤다.

"어느 쪽이냐!"

"그게…… 양쪽입니다."

사흥삼이 직접 눈으로 확인할 수밖에 없었다.

가서 보니 둘 다 말이 이동할 수 있는 소로(小路)였다. 그런데 양쪽에서 모두 말 발자국의 흔적이 보인다.

추격대를 혼란시키기 위해 고의적으로 오간 게 분명했다.

"둘 중에 어디지?"

방금 전 몇 번이나 함정에 당한지라, 추격대는 신중했다. 둘 중에 한쪽 길은 분명히 함정일 터였다.

"어엇! 저, 저길 보십쇼!"

무사 한 명이 소리를 질렀다.

왼쪽의 길에 죽어 있는 토끼 한 마리가 보였다.

추격대 무사들의 눈에 안도의 빛이 스쳐 지나갔다. 만약 토끼가 아니었다면, 거기에서 다음번에 죽을 시체는 자기들이 되었을 것이다.

"왼쪽이 함정이라면, 놈은 오른쪽으로 간 것 같습니다!"

사흥삼은 신중했다. 무사 세 명을 오른쪽 길로 먼저 보냈다.

무사 세 명이 돈피 장갑을 끼고 앞으로 나아갔다.

그러다가 한 명이 멈춰 섰다.

"바닥을 흙으로 덮은 흔적이 있습니다."

감추려고 애를 쓴 건지는 알 수 없지만 색이 다른 흙과 마른 풀잎들이 바닥에 덮어져 있었다.

"만지지 말고 피해 가."

사홍삼의 말에 농노대가 끼어들었다.

"무슨 소린가. 확인을 해 봐야지. 놈이 단순히 위장을 한 건지 독을 살포했는지 확인을 해야, 놈이 독을 얼마나 소모 했는지도 알 수 있을 게 아닌가."

"하지만 위험 부담이……."

진자강이 쓰는 독은 워낙에 독하다. 지금 무사들의 내공 수준으로는 중독되면 반드시 죽는 것이다.

"조심하면 되지."

농노대는 남의 일처럼 말했다.

사홍삼이 불편한 표정으로 명령을 내렸다.

"확인해 봐."

무사들의 표정이 어두워졌다. 그러나 대든다고 해결될 일도 아니고, 대들어 봐야 더 안 좋은 꼴을 당할 뿐이라 어쩔 수 없었다.

처음 바닥의 함정을 발견한 무사가 긴장한 얼굴로 몸을 굽히고, 돈피 장갑을 낀 손으로 조심스레 풀잎 나부랭이와 흙을 좌우로 치웠다.

"어?"

손에 뭔가 걸렸다 싶은 순간 무사는 급하게 몸을 뒤로 젖혔다. 엉덩방아를 찧듯이 주저앉았다.

피잉!

나뭇가지가 튕기며 주저앉은 무사의 머리 위를 스쳐 지나갔다.

툭.

머리 위를 스쳐 간 나뭇가지가 힘없이 바닥에 떨어졌다.

"으으."

무사는 기겁을 했다. 돌아보니 그냥 평범한 나뭇가지였다. 그러나 가지 줄기에 가시가 달린 것으로 보아 거기에도 독이 발라져 있음이 분명했다.

농노대가 와서 확인했다.

"독을 발랐군."

농노대는 등에 짊어진 궤짝을 내렸다. 안에는 온갖 잡다한 물건들이 있었는데 그중에서 돌돌 말린 얇은 가죽을 꺼내 나뭇가지를 잘 감싸 다시 궤짝에 넣었다.

사홍삼과 날명도가 와서 덫을 보았다.

바닥을 살짝 파서 탄성이 있는 나뭇가지를 둥글게 휘어 고리 형태로 바닥에 살짝 박고, 고리 위에 가시가 박힌 가지를 얹어 두었다. 그리고 그 위를 흙과 풀로 덮은 것뿐이었다.

"조잡한 덫……."

발로 밟거나 건드리면 나뭇가지가 튀어 오르는 형태다.

이것이 그렇게 대단한 덫이라고는 할 수 없었다. 뻔히 눈에 보이고, 힘주어 밟으면 튕기지 않고 그냥 뭉개질 수도 있다. 심지어 튕겨져도 맞지 않을 수도 있다.

그야말로 당하는 사람이 멍청이가 되는 서투르기 짝이 없는 함정이었다.

그러나 독의 위력이 문제였다. 독의 위력이 그 모든 것을 상쇄하고도 남는다. 스치기만 해도 죽는다면, 제아무리 허술한 덫이라도 얘기가 달라지는 것이다.

그래서 사홍삼은 짜증이 났다.

고도의 심리적인 함정도 아니고 말 그대로 어린애 장난 같은 함정들이었다. 그런데 겨우 그까짓 함정에 벌써 세 명이 죽었다.

모든 것이 자기의 책임인지라 기분이 좋을 수가 없었다. 사람의 목숨을 대수롭지 않게 생각하는 지독문이지만 너무 많은 인원을 잃으면 곤란하다.

게다가 이런 허술한 함정에 시간을 허비하고 있다는 사실이 더욱 마음에 들지 않았다.

그사이 앞쪽 길을 확인하고 돌아온 무사들이 외쳤다.

"십 장 앞까지 똑같은 함정이 세 개나 더 있었습니다."

농노대가 기뻐했다.

"잘됐군! 전부 수거할 수 있겠어."

사홍삼은 생각이 달랐다.

"뻔히 보이는 함정을 굳이 일일이 확인할 필요는 없소이다. 놈이 이렇게 함정을 깔았다면 필시 멀리 달아나지 못했을 테니, 오히려 더 속도를 높여 추격해야 하오. 함정을 확인하고 수거하는 건 놈을 잡은 이후에 해도 늦지 않을 것이오."

농노대가 마뜩찮은 표정을 지었다.

"하나, 함정을 분석하는 건 놈의 특성을 파악하는 데 큰 도움이 될 것이네."

"정 그렇다면 농 장로는 뒤에 남아 따라오시오."

농노대는 마다하지 않았다.

"왼쪽 길의 함정까지 확인하고 따라가겠네."

"그러시오."

사홍삼은 농노대에게 다섯 명의 무사들을 딸려 주고 나머지 열두 명의 무사를 이끌고 날명도와 함께 앞으로 나아갔다.

"쯧쯧, 사람이 급하긴. 중독된 놈들이 말도 안 타고 달아나 봐야 어디까지 달아난다고."

사홍삼의 뒷모습을 보며 혀를 찬 농노대가 남은 무사들을 보며 웃었다.

"자, 그럼 우리도 우리 일을 해 볼까?"

무사들의 얼굴은 흙빛이 되었다.

*　　*　　*

"헉…… 헉."

진자강은 바삐 산을 타다가 잠시 뒤를 돌아보며 쉬었다.

울창한 삼림이 가득한 산이다.

용명을 숨겨 놓고 말을 타고 되돌아가며 독을 아끼지 않고 써서 최대한 많은 함정을 깔아 놓았지만, 마음이 놓이지 않았다.

얼마나 시간을 벌 수 있을지 알 수 없어서 초조했다.

숨을 고른 진자강은 다시 산을 뒤지며 투구꽃을 찾아다녔다.

다행히도 얼마 되지 않아 투구꽃이 눈에 띄었다.

"아!"

작달막한 키에 쑥 비슷하게 생긴 녹색 풀이다. 때가 지나 꽃은 졌지만 풀 모양은 백화절곡에 있을 때부터 익히 봐 왔다.

진자강은 급히 아래를 파 보았다.

덩어리로 된 뿌리가 나왔다. 독성이 강해서 따로 부자(附子)라고도 불리는 부분이다. 확실하게 파악하기 위해 잎을 조금 씹어 보았다.

맵고 썼다.

초오가 확실하다.

평범한 사람이었으면 위험한 행동이지만 진자강에게는 별다른 타격도 아니었다.

'얼른 내려가야 해.'

진자강은 얼얼한 입으로 중얼거리며 초오 몇 뿌리를 캐서 품에 넣었다. 그리고 온 길로 되돌아 내려갔다.

다리가 불편했기 때문에 진자강이 수풀을 헤치고 온 흔적은 고스란히 남아 있었다. 남들이 추격하기에도 좋은 조건이지만 진자강이 되돌아가는 길을 못 찾을 염려도 없었다.

진자강은 용명을 숨겨 둔 장소까지 내려와 풀을 치웠다.

용명의 얼굴이 드러났다.

"초오를 가져왔어요."

용명은 몸이 거의 굳어서 이제 말도 하지 못했다. 겨우 눈꺼풀만 파르르 떨리는 정도로 움직일 수 있었다. 손가락도 못 움직여 숨소리조차 거의 들리지 않을 정도였다.

"초오를 어느 정도 써야 할지, 알려 주세요."

두 뿌리를 꺼냈을 때 용명이 눈꺼풀로 신호를 보냈다.

진자강은 주변을 이리저리 살폈다. 길에서 멀리 떨어지지 않은 곳이라 언제 추격대가 들이닥칠지 몰라서 긴장이 되었다.

주변에 아무도 없는 것을 확인하자 진자강은 초오를 입에 넣고 씹었다.

와작와작.

입 안이 얼얼한 게 독성이 심해서 저릿저릿했다.

금세 입술이 퉁퉁 부었다.

용명은 중독된 복어 독의 특성상 몸이 움직이지 않을 뿐, 정신만큼은 멀쩡했으므로 진자강의 행동을 보고 어이가 없었다.

극독인 초오를 입으로 씹어?

그러다가 침만 삼켜도 죽을 텐데 말이다.

물론 진자강은 죽지 않았다. 맛이 너무 맵고 써서 얼굴을 잔뜩 찡그리고 있을 뿐.

진자강은 두 뿌리를 모두 씹어 즙을 용명의 입에 흘려 넣어 주었다.

이제 진자강이 할 수 있는 건 다 했다.

초오의 독이 복어 독과 제대로 반응해서 독성이 줄어들기를 바랄 뿐이다.

그때 멀리서 인기척이 느껴졌다.

"끄억!"

누군가의 숨넘어가는 소리.

"이쪽에 함정입니다!"

이어진 외침.

진자강은 마음이 급해졌다. 어차피 자기가 남긴 흔적과 함정을 쫓아오는 것이니 조금만 더 있으면 이쪽까지 오게 될 것이다.

진자강은 급히 용명의 귀에 속삭였다.

"제가 시간을 끌 거예요. 가만히 계세요."

용명의 위로 풀과 낙엽을 모아 덮은 다음, 진자강은 소리가 들려온 쪽의 반대로 조용히 이동했다.

*　　*　　*

농노대는 남은 독을 수거하기 위해 갈림길의 왼쪽으로 왔다.

무사들도 아까보다 훨씬 조심스러워져서 독을 잘 피하고 있었지만, 방금도 한 명이 곁길로 들어서다가 풀에 쓸리는 바람에 중독되고 말았다.

진자강이 살포한 독의 양은 상당히 많았다.

좁은 길목 같은 곳은 거의 반드시 독이 살포되어 있다고 봐야 했다. 그걸 알면서도 당하는 건, 워낙 험한 산중이고 수풀이 무성해서 아무리 조심해도 몸이 어디 한 군데 닿지 않을 수가 없었기 때문이다.

하지만 농노대는 무사들을 독려했다.

"잘하고 있어. 잘하고 있어."

그는 무사들이 죽거나 말거나 관심이 없었다.

그저 독에만 관심이 있었다. 독이 묻은 나뭇가지나 풀줄기를 벌써 몇 개나 얻었다.

극소량인데도 사람 한 명을 거뜬히 죽일 정도인 극독인지라 매우 흐뭇했다. 사실상 거의 농축된 독의 정수에 가까운 느낌이다.

이쯤 되니 농노대는 진자강이 탐이 나 죽을 지경이었다.

'놈을 잡아서 이 독을 혼천지의 어디서 구했는지 알아내야 한다. 그 독을 내가 갖게 되면 난 어마어마한 힘이 생기게 되는 것이야!'

하다못해 지금 가진 독을 다 쓰기 전에 붙잡아야 남은 독이라도 손에 넣을 수 있을 터였다.

'아깝다. 아까워.'

주변 여기저기에 마구잡이식으로 살포된 독이 농노대에게는 아깝기 그지없었다.

그때, 미세하게 뭔가가 움직이는 소리가 들려왔다.

바스락.

농노대가 손을 들어 무사들의 움직임을 멈추게 했다. 내공을 귀에 모아 청력을 높였다.

'마른 나뭇잎을 밟는 소리!'

바즈락, 바즈락.

산짐승의 발소리가 아니었다. 질질 끌리는 듯한 소리가 더해졌기 때문이다.

'놈이 다리가 불편하다고 했지?'

농노대는 기쁨에 소름이 다 끼쳤다.

'놈이다! 놈이 오른쪽이 아니라 왼쪽 길로 와 있었구나!'

생각할수록 영악한 놈이다.

다리 때문에 어쩔 수 없이 흔적이 남을 걸 계산하고, 모든 흔적에 독을 살포했다.

추격대의 입장에서는 이제껏 발견한 흔적이 가짜 하나 없이 전부 진짜 함정이니 당황스러울 수밖에.

아마 누군가를 뒤쫓을 때 흔적이 너무 많이 남아 있어서 고민인 경우는 이번이 처음일 터였다.

진자강이 아무리 머리를 쓴다고 해도 아직은 열 살의 아이일 뿐이다. 사람의 심리를 파고드는 정밀한 하독을 할 순 없다. 질로 안 되니 양으로 시간을 끌 수밖에 없었던 것이다.

농노대는 손짓으로 소리가 움직이는 방향을 무사들에게 알려 주었다. 무사들이 천천히 그쪽으로 움직였다.

농노대도 소리가 이동하는 쪽으로 가려다가 멈칫했다.

'잠깐?'

방금 농노대는 자기 입으로 진자강을 영악한 놈이라고 말했다.

그런데 소리를 내면서 달아나? 자기들이 여기 있는 걸 알면서?

뭔가 앞뒤가 안 맞지 않는가!

'그러고 보니 약왕문의 부문주는 어디 있지?'

第二章

기억의 조각

농노대는 걸음을 멈추었다.

그간 본 함정이나 덫은 너무 조잡했다. 어른이 설치했다고 보기 어려운 덫이었다.

그리고 심지어 흔적들도 범위가 작았다. 밟힌 풀에 드러난 발자국도 어른이 아니라 아이의 것이다.

'둘 다 중독되었다고 했는데 움직이고 있는 건 꼬마 놈뿐이라⋯⋯.'

농노대는 생각의 파편을 이리저리 끼워 맞췄다. 그러다가 갑자기 무사들에게 큰소리로 명령했다.

"잡아!"

돌연 후다닥 달아나는 소리가 크게 들려왔다. 명백히 다리를 절며 뛰어서 달아나는 소리였다. 멀리에 수풀이 흔들리는 것도 눈으로 보였다.

촤라랑!

무사들이 일제히 칼을 뽑아 들고 그곳으로 뛰기 시작했다.

그러나 그 틈에 농노대는 소리가 처음 난 곳의 반대로 길을 옮겼다.

녹피 장갑을 두 개나 끼고, 얼굴을 천으로 몇 번이나 감쌌다. 작은 칼로 자잘한 나뭇가지를 모두 잘라 버리며 이동했다.

아니나 다를까, 곳곳에서 유황 냄새가 풍겨 왔다. 독을 어지간히 살포한 듯하다.

그 앞을 덩굴이 막고 있었다.

바닥을 보면 덩굴 안으로 누군가 기어들어 간 듯한 흔적이 남아 있었다. 농노대는 칼로 덩굴을 모조리 쳐 버렸다.

커다란 나무 밑.

낙엽과 풀로 덮어 놓은 불룩한 흔적.

농노대의 입꼬리가 저절로 올라갔다.

"찾았다."

　　　　　*　　　　*　　　　*

　진자강은 숨 가쁘게 달아났다. 뒤에서 네 명이나 되는 무사들이 뒤쫓아 오고 있었다.

　"헉헉."

　뒤를 돌아보며 정신없이 뛰었다.

　성인의 걸음과 다리를 저는 열 살 아이의 걸음이다. 거리는 금세 좁혀들었다.

　발이 가장 빠른 무사가 진자강의 등 뒤까지 접근했다.

　무사는 진자강의 모습을 보고 다소 의아해했다. 생각보다 진자강이 왜소하고 작았기 때문이었다.

　무사가 칼을 쥔 손에 힘을 주었다. 칼을 들어 내려치면 그대로 죽어 버릴 것 같다. 다리도 절고 숨까지 헉헉대는 걸 보니 딱히 피할 수 있을 것 같아 보이지도 않는다.

　그러나 무사는 그러지 못했다.

　"애는 무조건 사로잡아! 애 죽으면 네놈들도 죽어!"

　농노대가 한 말이었다.

　'망할!'

　무사는 칼을 쥔 손을 움찔거리며 욕지거리를 내뱉었다.

　사로잡는 게 쉬운 일일 리 없다. 심지어 한창 잘 나가던 망료 장로도 이 아이 때문에 곤혹을 치렀고, 날고 긴다는

혈라수와 사람 피로 목욕을 한다는 흉악한 대막대도조차
이 아이에게 죽었다지 않은가.

게다가 지금까지 이 아이를 쫓아오다가 죽은 이들은 어
쩌고.

'그런데 이런 놈을 사로잡으라고?'

저절로 욕이 나온다.

하지만 지금 보니 또 못 할 것 같지는 않다는 생각도 든다.

도망만 가는 진자강이 별로 대단해 보이지 않아서다.

무사는 칼은 두고 손으로 진자강을 잡아 보기로 했다.

무사가 조심스럽게 기회를 엿보다가 한순간에 진자강의
목덜미를 낚아챘다. 머리채를 잡고 싶어도 진자강은 대머
리라 잡을 머리가 없었다.

"큭!"

진자강은 목덜미가 졸려 답답한 신음 소리를 냈다. 너무
순순히 잡혔다 싶은 순간, 진자강이 몸을 돌려 뭔가를 휘둘
렀다.

부러진 나뭇가지였다. 나뭇가지의 날카로운 끝이 무사의
팔뚝을 긁고 지나갔다. 딱히 박히지도 않았고 큰 상처가 나
지도 않았다. 피가 찔끔 날 정도만 긁혔다.

하지만 그 순간 무사는 등골에 소름이 돋았다.

뭔가에 긁히는 것.

그 의미를 알아서다.

"으…… 으!"

무사는 아직 독이 오르지도 않았는데 너무 놀라서 비명을 질렀다. 당연히 진자강을 놓쳤다. 긁힌 팔뚝을 따라 시퍼런 핏줄이 튀어나오기 시작했다.

"으아아아!"

진자강은 다시 뛰기 시작했다. 다른 무사가 달려와 진자강의 다리를 향해 칼을 휘둘렀다.

"이놈!"

진자강이 바닥을 굴렀다. 칼에 대놓고 몸을 내준 격이다.

"으윽!"

무사는 칼을 끝까지 휘두를 수 없었다. 적당히 상처를 입혀야 하는데 그게 아니라 엉뚱한 데를 잘못 베어서 죽으면 자기가 치도곤을 맞게 되는 것이었다.

진자강은 바닥을 구르면서 무사에게 흙을 뿌렸다. 무사의 시야가 가려진 사이, 나뭇가지로 무사의 다리를 긁었다.

"으어억!"

무사는 살까지 긁히지 않고 옷에만 스쳤는데도, 그래서 중독이 되지 않았는데도 지레 놀라서 방정을 떨었다.

방금 팔뚝을 긁혔던 무사가 옆에서 입에 거품을 물고 죽어 가는 걸 보고 있으니, 겁이 나지 않을 수 없었다.

"살려 줘. 살려 줘! 나, 난 집에 애가 있어. 어머니는 거동도 못 하시고……."

진자강이 달아나려다가 말고 뒤로 돌았다. 무사는 다리를 벌벌 떨면서 진자강을 보고 애원했다.

"제발 날 불쌍히 여겨서 해독약을 줘, 제발!"

달려오던 무사들 둘도 더 다가오지 못하고 멈춰 선 채로 보기만 했다.

진자강은 이상한 감정에 휩싸였다.

그것은 불쌍해서라기보다는, 뒤바뀐 위상에 관한 단상(斷想)이었다.

'살려 달라고? 나한테?'

그동안 살려 달라고 애원하는 쪽은 주로 진자강이었다.

진자강은 늘 피해 다니고 도망 다녀야 했다. 죽고 사는 게 전적으로 다른 이들의 손에 달려 있었다.

그러나…….

어느 순간 진자강의 위상은 바뀌어 버렸다.

오히려 진자강 자신이 남의 목숨을, 타인의 생사(生死)를 결정하는 결정권을 갖게 된 것이다.

'힘이…… 내게 생사여탈의 힘이 생겼어.'

고수인 혈라수 묘용도 죽어 가는 순간에는 진자강에게 살려 달라고 하지 않았던가!

이젠 더 이상 남이 죽이려 한다고 죽을 진자강이 아닌 것이다. 배에 칼을 맞고 뒤쫓기는 입장에서조차 말이다.

"해독약을 줘! 제발! 살아 돌아가면 다시는 널 쫓지 않을게!"

진자강은 이 상대적인 위상을 이용할 수 있을지 모른다는 데에 생각이 미쳤다.

재빨리 주변을 둘러본 후 물었다.

"몇 명이 쫓아왔죠?"

"뭐?"

진자강은 옷소매에 손을 넣었다. 마치 해독약을 거기에 들어 있는 듯, 하지만 대답을 안 하면 안 주겠다는 듯한 동작이었다.

마음이 급해진 무사가 외쳤다.

"스, 스물셋! 그중에 방금까지 다섯이 죽었어! 그리고 이제 나도 죽어! 빨리 해독약을 줘!"

생각보다 많은 숫자에 진자강은 등골이 오싹해졌다.

'지금 보이는 숫자가 전부가 아니라니.'

빨리 이들을 처리하고 용명에게로 돌아가야 한다. 진자강은 서슴없이 달아나기 시작했다.

"해, 해독약은!"

진자강은 심지어 대꾸조차 하지 않았다.

스스로 중독이 되었다고 생각한 무사의 표정이 급변했다.

어차피 해독약을 주지 않아 죽는다면 이판사판 가릴 게 없었다.

"크아아! 이 나쁜 놈!"

무사는 눈을 까뒤집고 달려들었다.

진자강은 방심하고 있지 않았다. 무사가 몸으로 덮칠 듯 달려들자 주변의 무사들도 함께 덤벼들었다. 한 명을 방패막이로 삼아 덤비려는 생각인 듯했다.

"죽어어어!"

방금 전 주변 지형을 봐 두었기 때문에 진자강은 동요하지 않았다. 빠르게 단전에서 독을 손가락까지 끌어 올렸다.

하도 독기를 빼내어 오른손 새끼손가락 끝은 피투성이였다. 독기가 맺히면서 투명한 액체가 맺히고 유황 냄새가 은은하게 퍼졌다.

진자강은 늘어져 있는 긴 넝쿨 가지를 꽉 잡고 앞으로 몸을 날렸다. 넝쿨 가지가 휘영청 활대처럼 휘어졌다. 팽팽해진 넝쿨 가지의 그 끝에 새끼손가락을 스치듯 문질러 독을 묻혔다.

이어 바로 뒤에서 덮치던 무사를 향해 넝쿨 가지를 놓았다. 굽혀 있던 넝쿨 가지가 펼쳐지며 채찍처럼 무사의 얼굴을 쳤다.

철썩!

"크악!"

넝쿨 이파리에 눈이 쓸린 무사가 눈을 부여잡았다.

"으아악!"

눈의 점막은 약하기 때문에 조금만 쓸려도 독이 스며든다. 무사는 미친 듯이 눈을 비볐지만, 이미 독이 스며든 후였다. 얼마 지나지 않아 풀썩 쓰러져서 경련을 일으켰다.

다른 두 무사도 이제 뒤가 없었다. 두 무사가 동시에 진자강을 향해 쇄도했다.

진자강은 달아나 봐야 두 무사를 피할 수 없다는 걸 알았기에 아예 정면으로 달려들었다.

아무리 지독문에서 소모품 취급이나 받는 무사들이라 해도 성인 남자들이고 칼밥을 먹으며 살아가는 무리다. 어린 진자강이 당해 낼 만큼 만만한 상대는 아니었다.

그러나 진자강은 크게 위축되지 않았다. 일전에 본 무공고수들의 움직임에 비하면 무사들의 동작은 너무 느리고 평범했던 것이다.

진자강은 독기를 끌어 올린 새끼손가락을 입에 물고 앞으로 데굴데굴 굴러 칼을 피했다. 그리고 눈에 보이는 다리를 붙들어 아무 데나 보이는 살을 물었다.

"으아―악!"

종아리를 물린 무사가 찢어져라 비명을 질렀다. 진자강이 워낙 힘을 주어 문 탓에 이빨이 박히고 살점이 뜯겼다. 뒤에 있던 무사가 그 광경에 놀라서 칼을 뻗어 진자강을 찔렀다.

진자강이 다시 바닥을 굴러 피하자 무사의 칼은 종아리를 물린 동료 무사의 허벅지를 깊게 찌르고 말았다.

"미, 미안해! 내가 일부러 그런 게!"

진자강은 다시 새끼손가락의 끝에 맺힌 독액을 입으로 흡입하며 마지막 무사의 얼굴에 뱉었다. 뜯긴 종아리의 살점과 피, 그리고 독액이 무사의 얼굴과 입술에 묻었다.

"으허어어! 으어어!"

무사가 놀라서 얼굴을 닦고 연신 침을 뱉었다.

"퉤에! 퉤퉤!"

진자강은 그 틈에 쓰러진 무사의 칼을 주웠다. 얇은 박도 (朴刀)라 날이 펄렁거렸지만 그래도 무거웠다. 열 살 아이가 들면 겨우 휘두를 수 있는 정도다.

진자강은 그 끝에 독액을 묻히고 침을 뱉고 있느라 정신이 없는 무사의 옆구리를 베었다.

"으에에엑!"

아주 얕게 베었지만 그것으로도 충분했다.

진자강은 숨을 몰아쉬며 무사를 노려보았다. 무사가 떨면서 뒤로 주춤주춤 물러났다.

"죽기 싫어. 난 죽기 싫……."

겁에 질린 무사가 곧 고꾸라졌다.

"끄윽. 끅."

무사는 숨을 잘 쉬지 못하더니 이내 경련을 일으켰다.

다른 이의 죽음을 보는 건 그리 유쾌한 일은 아니었다.

목이 붓고 피거품이 차올라서 소리를 내지 못할 뿐이지 온갖 경련을 일으키며 심한 고통 속에서 죽어 가고 있을 걸 뻔히 알고 있었기 때문이다.

진자강은 무거운 마음이 되었다.

짤랑.

손에 힘이 빠져서 박도를 놓쳤다.

"후우, 후우."

손가락을 보니 새끼손가락이 너덜너덜했다. 피가 뚝뚝 떨어진다.

힘들다. 금방이라도 주저앉을 것 같다.

방금 넷을 죽였다. 그런데도 아직 열다섯이 남았다. 그중에는 분명히 일반 무사들이 아닌 고수도 섞여 있을 것이다.

진자강은 단전을 만지며 남은 독을 확인해 보았다.

확실히 허전한 느낌이었다. 단전에 자리 잡았던 덩어리의 크기가 처음보다 반 이하로 줄어 있었다.

단전의 독은 스스로 생성되는 게 아니라 진자강이 곤륜

황석유를 먹어 생긴 것이다. 때문에 쓰면 쓸수록 줄어드는 게 당연한 일이다.

'이 정도면 그래도 독은 충분해.'

하지만 그 독으로 어떻게 상대를 죽일 수 있느냐는 다른 문제다.

이제까지는 어떻게 상대를 방심시켜서 죽일 수 있었다 하더라도 상대가 경계하기 시작하면 지금의 방법은 더 이상 통하기 어려울 터였다.

'일단 아저씨에게 돌아가야겠어.'

진자강은 크게 숨을 몰아쉬고, 주변을 둘러보았다.

어느새 시체가 된 시신 네 구가 널브러져 있었다. 그들을 향해 무심한 시선을 던진 진자강은 다시 용명에게로 돌아갔다.

          *   *   *

용명을 눕혀놓았던 장소는 완전히 파헤쳐져 있었다. 독을 잔뜩 묻혔던 덩굴도 전부 잘렸고 용명을 덮었던 낙엽과 풀들도 헤집어져 있었다.

진자강은 자리에 얼어붙었다.

'당했다!'

용명이 걸린 것이다.

진자강은 빠르게 근처의 수풀로 숨어들었다.

심장이 마구 뛰었다.

적들이 주변까지 와 있을 가능성이 컸다.

진자강은 이제 방법이 없다고 생각했다. 아무리 생각을 해 봐도 열다섯 명이나 되는 어른들을 상대로 용명을 구해 낼 뾰족한 수가 없다.

'미안해요, 아저씨.'

넋 놓고 있다가는 자신마저 당할 뿐이다. 이 정도면 진자 강도 할 만큼 했다.

진자강은 결정을 내리자 곧바로 움직였다.

천천히 바닥을 기어 달아나려는 순간이었다. 진자강의 눈에 사람의 다리가 보였다.

거리는 대략, 사오 장 남짓.

풀숲에 몸을 들이밀고 다리는 삐져나와 있었는데, 그것은 다름 아닌 용명의 다리였다.

설마 몸을 움직일 수 있게 되어서 피한 것일까? 아니면 죽임을 당해 버려진 걸까?

'아저씨!'

어느 쪽이든 확인하지 않고는 알 수가 없었다.

진자강은 움직이지 않고 한동안 소리죽여 기다렸다. 그러다가 아무런 기척이 느껴지지 않자 용명을 향해 기어갔다. 소리가 나지 않도록 오랜 시간을 공들여 천천히 움직였다.

근처까지 가서 확인하니 용명이 맞았다. 용명은 아직 숨이 붙어 있었는데, 진자강이 온 것을 보고 눈을 떴다.

초오의 성분이 제대로 작용했는지 마비가 조금 풀린 모양이었다.

진자강은 혹시 몰라 가까이 가지 않고 살짝 떨어진 곳에서 입 모양으로 물었다.

'아저씨, 괜찮으세요?'

용명은 입술을 떨기만 할 뿐 아직 소리를 내지 못했다. 용명은 손가락을 들려고 노력했다. 손이 바들바들 떨리며 조금씩 움직였다.

진자강은 용명의 손짓에 주의하지 못하고 아까보다 용명이 나아졌다는 사실에만 안도했다.

이제 조금만 더 시간이 지나면 움직이게 될 수 있을 것 같았다.

'어떻게 된 거죠?'

진자강이 다시 입 모양으로 물었다. 용명이 입술을 움직이고 눈꺼풀을 가늘게 떴다가 찡그렸다가 하며 뭔가를 말하려 했다. 그러나 알아들을 수가 없었다.

'일단은 아저씨를 다시 숨겨야겠어.'

용명을 좀 더 안쪽으로 끌어당겨 놓고, 나가서 적들을 다른 데로 유인해야 할 것 같았다.

그런데.

매캐한 냄새가 난다 싶더니 갑자기 머리가 핑 돌았다.

'어어?'

뭔가 잘못되었다는 걸 깨달은 진자강은 엎드린 채 주변을 자세히 둘러보았다. 그제야 주변에 거뭇거뭇한 가루들이 뿌려져 있는 것을 볼 수 있었다.

'독가루!'

머리가 계속해서 어지러워져서 마침내는 구역질이 나려했다.

'우욱!'

진자강은 급하게 입을 막았다. 그러나 속에서 올라오는 구역질을 참을 수가 없었다.

"우에엑!"

어쩔 수 없이 큰 소리가 났다.

입을 막고 있지만 위액이 손가락을 타고 흘러내렸다. 한동안 먹은 게 없어 신물만 나오는데도 계속 구역질이 났다.

저벅!

발걸음 소리가 들려왔다.

누군가 근처에 숨어 있었던 것이다!

진자강은 몸을 더 낮추고 옆으로 이동했다. 그러나 참을 수 없는 구역질이 그대로 진자강의 위치를 노출시켰다.

"우엑! 우에엑!"

지나치던 발소리가 다시 되돌아와 진자강의 앞까지 와서 멈추었다.

늙수그레한 목소리가 들려왔다.

"크크큭. 숨어 봐야 소용없다. 이 근처에 죄다 오심산(惡心散)을 뿌려 났으니까."

농노대다.

"키가 작은 어린놈이니 바닥을 기어 다닐 줄 알았지."

농노대는 용명을 미끼로 오심산을 뿌려 놓고 진자강을 유인한 것이다.

진자강은 조심한다고 했는데도 함정에 당한 자신을 자책했다. 바닥을 기어 다녔기 때문에 자기도 모르게 오심산을 흡입할 수밖에 없었다.

진자강은 일어서서 달아나려다가 휘청거리며 다시 주저앉았다.

"우엑!"

이제는 나올 게 없어 피까지 쏟아 내는 진자강이었다. 오심산이라는 말 그대로 계속해서 구역질이 나온다.

농노대가 음산한 미소를 흘렸다.

"크크. 숨어 다니는 놈들에겐 마비산(痲痺散)보다 오심산이 훨씬 효과가 좋다니까."

농노대는 진자강을 가만히 보고 있더니 뜻밖의 말을 건네왔다.

"오랜만이구나. 날 기억하느냐? 대답해 봐라. 해독약은 줄 테니."

오랜만이라고?

정신이 하나도 없었던 진자강은 너무 고통스러워서 뭐든 대답을 하려고 했다. 그러나 농노대는 진자강의 생각보다 교활한 늙은이였다.

진자강이 말을 하려는 순간 진자강의 명치에 발끝을 꽂아넣었다.

푸욱!

말을 하려는 중에 급소를 공격을 당했기 때문에 진자강은 숨이 콱 막혔다.

허공에 떠올랐다가 추락했다.

숨이 막혀서 비명도 지르지 못했다. 농노대는 진자강을 추격대의 다른 고수들에게 들키지 않게 조용히 제압하고 싶었던 것이다.

"킥, 끄읍!"

진자강은 가슴을 붙들고 바닥을 기었다.

명치가 꽉 막힌 듯 통증이 느껴졌다. 그 와중에도 구역질이 나서 계속 울컥하고 피를 쏟아 냈다.

농노대가 다가와 진자강의 등짝을 발로 밟았다.

"해독약은 없다. 오심산은 즉발성이라 금세 가라앉을 게야. 그렇다고 딴생각은 하지 말고."

농노대가 발에 지그시 힘을 주고 누르자 진자강은 허파가 눌려 입에서 바람 새는 소리를 냈다.

"끄으으."

뼈가 부러져 허파를 찌르고 금방이라도 등으로 튀어나올 것 같은 두려움에 휩싸였다. 등에 묵직한 바위 덩어리가 있는 듯했다.

진자강이 마구 버둥대자 농노대가 발에서 힘을 좀 뺐다.

"늑골이 부러지면 흉통(胸痛)이 생기고 숨을 쉬지 못해 달아나기가 어렵게 되지. 그리고 싶지 않으면 귀찮게 달아날 생각일랑 말거라. 뭐 그 전에 등뼈부터 박살이 나겠지만."

그 상황에서도 진자강은 살길을 찾으려 했다. 그러나 등을 짓밟혀서 버둥거리는 것밖에 할 게 없었다. 진자강은 완전히 제압되어 버린 것이다.

농노대는 녹피 장갑을 낀 손으로 진자강의 몸을 조심스럽게 뒤졌다. 독을 찾기 위해서다.

그러나 뭔가가 나올 리 없다.

나온 거라고는 진자강이 갖고 있던 백화절곡의 비급뿐이다.

"흐음."

농노대는 잠깐 고민하다가 말했다.

"다른 놈들이 몰려오기 전에 몇 가지 좀 물어볼까 하는데…… 독은 어디에 뒀느냐. 설마 다 써 버린 게냐?"

진자강은 그 말에서 지금 근처에 이 노인 혼자뿐이라는 정보를 얻었다.

그래서 고개를 끄덕였다. 농노대는 진자강이 몸속에 독을 담고 있다고 생각하진 못했을 터였다.

농노대가 발에 힘을 주었다.

"끄억."

"아아, 이건 내가 화가 나서 잠깐 실수를 한 거다."

농노대가 발에서 힘을 뺐다.

"그럼 다시 해 보자. 네가 진자강이냐?"

진자강이 끄덕였다.

"네가 지금껏 이 주위에 독을 뿌렸느냐?"

진자강이 망설이느라 대답을 않자, 농노대가 다시 물었다.

"널 쫓아간 놈들은 어떻게 됐지? 넷은 다 죽었나?"

그건 대답을 할 필요가 없었다.

"아직까지 오지 못하는 걸 보니 다 죽었겠군. 그럼 덫이며 함정이며, 독을 뿌린 것도 네놈이었겠고……."

잠깐 생각하는 듯하던 농노대가 갑자기 발에 힘을 주었
다.

"끄으으윽!"

"자, 이게 제일 중요한 질문이니라. 지금 네놈이 쓰고 있
는 독은 어디에서 얻었느냐? 혼천지겠지?"

가슴이 터질 것 같았으므로 진자강은 빠르게 끄덕였다.

"허어, 집 안에 보물을 두고도 여태 몰랐구나."

농노대는 탄식을 하면서도 웃음을 참지 못했다. 이제 곧
그 독을 자기 손에 넣을 수 있다는 생각에 기쁨이 넘쳤다.

"가만있자. 그런데 애초에 혼천지에 들어가서 살아 나온
건 이 꼬마 놈뿐이잖은가. 그럼 이놈을 몰래 빼돌려서 혼천
지까지 데리고 가야 한다는 건데……."

농노대는 진자강이 가진 독의 위력을 직접 목도했기 때
문에 그것을 남과 나누고픈 생각이 눈곱만큼도 없었다.

"어떻게 한다……?"

농노대가 고민하는 때에 진자강은 이를 악물고 정신을
차렸다.

하늘땅이 빙글빙글 돌던 어지럼증도 이제 가라앉고 구역
질도 거의 사라졌다.

원래 평범한 민간인이었다면 한 시진은 족히 두통으로

고생했을 터였다. 진자강이니까 벌써 해소가 되어 버린 것이다.

농노대가 진자강을 빼돌릴 방법을 강구하는 사이 진자강은 달아날 방법을 강구했다.

하지만 엎어진 채 발에 등을 짓눌리고 있어서 도무지 몸을 빼낼 길이 안 보인다. 팔다리도 허우적거리는 게 고작이다. 인체의 구조상 아무리 팔을 뒤로 돌려도 농노대의 다리에 닿지 않는다.

몸을 빼내서 팔다리가 자유로워져야 농노대를 죽이든가 말든가 할 수 있을 터이다. 하다못해 손톱으로라도 긁을 수 있어야 하는데…….

도무지 방법이 보이지 않았다.

'으으…….'

진자강은 지독문에서 겪은 일을 생각하며 몸서리를 쳤다. 이대로 끌려가서 또 똑같이 당할 순 없었다.

'안 돼! 그러기 싫어!'

필사적으로 눈을 돌렸다. 팔다리를 움직이기 어렵지만 주변에 이용할 수 있는 게 있는지 찾아보았다.

그때 진자강의 눈에 띈 것은 바로 눈앞에 있는 붉은 꽃잎의 풀이었다.

늦은 가을인 지금에도 아직까지 꽃이 피어 있는데 꽃자

루는 뭉쳐 있고, 끈처럼 가느다란 꽃은 가운데로 모아진 채 펼쳐져 있다.

'꽃무릇!'

꽃무릇은 초오와 마찬가지로 독성을 가진 풀이다.

진자강은 조심스레 손을 바닥의 흙 안으로 밀어 넣었다. 뿌리가 있을 즈음에서 둥그런 양파 모양의 덩어리가 만져진다.

정확히는 뿌리가 아니라 줄기다. 여기 비늘줄기에 영양분과 독이 함께 들어 있어서 이 부분을 따로 석산(石蒜)이라 부른다.

그런데 이 석산의 독에는 특이한 효능이 있다.

어렸을 적 백화절곡에서 장난을 치다가 알게 된 것이다.

'이것을 이용하면……!'

통하든 아니든 방법은 이것밖에 남지 않았다.

진자강은 그리 크지 않게, 하지만 농노대가 놀랄 만큼의 비명을 질렀다.

"으아악, 아파! 아, 아파!"

다른 이들에게 들키기 싫어하는 건 농노대도 진자강도 마찬가지다. 놀란 농노대가 발에서 조금 더 힘을 뺐다.

"가슴이…… 가슴이 아파요. 너무 아프고 숨을 못 쉬겠어요."

진자강은 팔다리를 버둥거리고 바닥의 흙을 마구 움켜쥐며 고통스러운 듯한 몸부림을 쳤다.

"으응? 이런…… 내가 너무 세게 밟아서 뼈가 부러졌나? 알았으니 조용히 하거라."

"으아아, 아파! 아파!"

진자강은 더 소리를 내며 허우적댔다. 바닥을 벅벅대며 마구 긁어 댔다.

"허어, 조용히 좀 하라니까. 이놈 이거 어른의 말을 귓등으로 듣는 놈이구나."

발에 살짝 힘을 주어 협박했으나 진자강은 더 심하게 버둥거릴 뿐이었다.

"으아으아으아!"

"끄응. 이 새끼가……."

아무래도 뼈가 부러져 허파에 박히기라도 한 모양인지라 발에 더 힘을 줄 수가 없었다.

농노대는 어쩔 수 없이 발에서 힘을 좀 빼고 진자강의 아혈을 눌러 입을 막기로 했다.

턱에 있는 아혈을 누르기 위해서는 허리를 굽혀야 한다. 귀 뒤쪽 부분의 아혈을 누르면 턱이 굳어서 말을 못하게 된다.

농노대가 허리를 굽혀서 진자강의 머리를 붙들고 진자강의 귀 뒤에 중지를 가져다 댔다.

그런데 그 순간.

풀 냄새가 진하게 났다.

이곳은 깊은 산중이니 풀 냄새가 이상한 건 아니었다.

유독 갑자기 풀 냄새가 난 게 좀 이상한 일이다.

돌연 코가 시큰해졌다.

그러더니 코밑이 뜨끈해지는 게 느껴졌다.

툭.

뭔가 떨어졌다.

'……어?'

뚝뚝뚝.

손으로 문질러 보니 시뻘건 피가 묻어나온다.

코에서 뜨거운 코피가 줄줄 흘렀다.

"코피?"

갑자기 코피가 날 일이 뭐가 있겠는가?

농노대는 머리카락이 쭈뼛 솟을 정도로 놀랐다.

독이다!

농노대는 급하게 진자강에게서 떨어졌다. 너무 놀라서 진자강을 밟아 죽일 생각도 못 했다.

등줄기에 땀이 나서 축축했다.

'어떻게 중독이 됐지? 저놈은 누워 있느라 내 몸에 손도 못 댔는데?'

엎어져 있던 진자강이 일어나면서 바닥을 긁으며 흙을 농노대의 얼굴을 향해 던졌다.

어차피 딱히 위협적인 공격은 아니었다. 농노대는 가볍게 고개를 틀어 피했다.

날아온 흙에는 짓이겨진 풀과 꽃, 그리고 작은 돌멩이들이 섞여 있었다. 그런데 그것들이 얼굴을 스쳐 가면서 아까의 그 풀냄새가 확 풍기는 게 아닌가!

그 냄새를 맡은 순간 머리가 지끈거렸다. 속도 울렁거린다.

"으윽!"

농노대는 즉시 숨을 멈추고 내공을 끌어 올렸다. 코피가 계속 흐르면서 기도가 막히고 집중력이 깨졌다.

'도대체 어떻게!'

그 틈에 달아나는 진자강의 모습이 보였다.

농노대는 진자강이 엎어져 있던 곳을 보았다.

꽃무릇들이 잔뜩 피어 있다.

바로 이유를 깨달았다.

"석산!"

석산의 비늘줄기에는 맹독이 포함되어 있다.

그 독은 특이하게도 공기 중으로 퍼진다. 풀냄새를 풍기는데 그 냄새를 맡으면 코에서 출혈이 생긴다. 피부에 직접 닿거나 하지 않아도 독이 공중으로 퍼지기 때문에 냄새만 맡아도 코 안쪽이 상하는 것이다.

'이놈이!'

아프다고 바닥을 마구 긁는 게 왠지 수상쩍다 싶었는데, 석산을 바닥에 대고 비벼서 으깨 가지고 공기 중에 냄새를 퍼뜨린 모양이다.

농노대의 추측이 맞았다. 그 증거로 진자강도 영향을 받아 코피를 흘리고 있었던 것이다.

일단 독의 정체를 알고 나자 농노대는 안심이 되었다. 석산의 독은 맹독이지만 공기를 통해서는 코에 출혈을 일으킬 뿐 치명적이지 않다. 그 즙을 먹거나 했을 때가 위험할 뿐이다.

코 주변의 혈도를 눌러 피를 멈추고, 호흡을 가다듬는 것만으로도 기분이 진정되었다.

내공을 일주천 시킴과 동시에 두통과 불편한 속도 가라앉았다.

상궁지조(傷弓之鳥)라, 한번 화살을 맞은 새는 구부러진 나무만 봐도 놀란다고 하더니 진자강의 독에 무사들이 줄줄이 죽어 나가는 걸 본 터라 이런 어쭙잖은 독에도 지레 경계를 한 것이다.

농노대는 농락을 당했다는 생각에 분노가 치밀었다. 멀

찍이 달아나는 진자강의 뒤를 노려보았다.

진자강은 다리를 절어서 제대로 걷지도 못하고 비틀거린다.

농노대가 보기엔 얼마 도망가지도 못할 것 같다. 두어 걸음이면 당장 따라잡을 수 있을 듯했다.

하지만 농노대는 진자강을 따라가지 않았다.

칼을 뽑아 들고 오히려 진자강이 달아나는 반대쪽으로 걸어갔다.

그리고 그곳에 누워 있는 용명을 붙잡고 일으켜 세웠다.

"으으으……."

용명이 신음 소리를 내자, 농노대는 진자강이 들으라는 듯 크게 웃었다.

"으하하하!"

그러더니, 칼에 내공을 담아 용명의 다리를 찔렀다.

푹.

"으…… 으으으!"

용명의 눈이 크게 떠졌다. 이를 악물었지만 잇새로 비명 같은 신음이 흘러나왔다.

농노대는 신경 쓰지 않았다.

푹푹.

그저 연신 용명의 다리를 난자할 따름이었다. 끔찍할 정도로 핏물이 사방으로 튀었다.

용명은 입술이 터져라 고통을 참았지만 그것도 한도가
있었다.

"끄아아아!"

마침내 용명은 처참하리만치 안타까운 비명을 토해 내고
말았다.

농노대는 그제야 웃으면서 칼질을 멈추었다.

"낄낄낄."

농노대가 웃은 것은 용명의 비명 때문이 아니다.

진자강이 돌아오고 있는 걸 봤기 때문이다.

용명도 진자강이 돌아오는 모습을 볼 수 있었다.

"미안…… 하다. 미안…… 해."

통한의 목소리였다.

자기 때문에 진자강이 돌아왔다고 생각해서다.

진자강은 가슴이 울컥해져서 용명을 쳐다보았다.

피해자인 용명이 왜 미안해하는가. 뼈가 드러날 정도로
다리가 저며진 상태인데!

미안해해야 하는 건 사람을 저 꼴로 만든 노인이다.

"그 와중에도 이놈을 살리기 위해서 반대로 달아났느냐?
의외로 생각이 깊구나."

진자강은 코피를 닦으며 이글거리는 눈으로 농노대를 노

려보았다.

농노대의 얼굴이 찡그려졌다.

"어린놈의 새끼가 어른을 보는 눈알이 참으로 고약스럽도다."

농노대는 더 묻지도 요구하지도 않았다. 그저 용명의 다리를 다시 한 번 칼로 쳤을 뿐이었다.

피와 살점이 동시에 튀었다.

"끄으으!"

용명은 이를 악물고 신음을 참아 냈다. 고통 때문에 얼굴은 온통 땀투성이였다.

견디지 못한 건 진자강이었다.

그러나 진자강은 그만해 달라고 애걸하거나 무릎을 꿇지 않고, 그저 눈을 살짝 내리까는 것으로 반항을 대신했다.

농노대는 기분이 매우 나빴다.

"마음에 안 드는 놈. 애새끼치고 눈빛이 너무 흉흉해. 어찌 이런 놈이 나왔누?"

진자강은 참고 있던 한마디를 내뱉고 말았다.

"당신들 때문이잖아."

"음?"

"당신들이 이렇게 만들었잖아!"

농노대가 어이없다는 얼굴을 했다.

"어허, 백화절곡이 망한 건 내부에서 곽오란 놈이 자중지란을 일으킨 탓이거늘 너는 왜 남 탓을 하느냐? 네놈은 양심도 없느냐?"

"자중지란? 양심?"

진자강은 피가 거꾸로 솟구치는 기분이 들었다. 가만히 있던 곽오를 부추긴 건 누구고, 백화절곡에 독물을 푼 건 누구란 말인가!

이가 갈리고 머리칼이 곤두섰다.

이자들은 자기들이 백화절곡에 독물을 풀어놓고서도 끝까지 곽오를 핑계 삼아 죄를 인정하지 않고 있는 것이다.

진자강은 치가 떨렸다. 속에 담아 뒀던 억하고 분한 심정이 피를 토하듯 튀어나왔다.

"당신들이 아니었으면……! 당신들이 아니었으면 우리 엄마도 할아버지도 돌아가시지 않았을 거야! 당신들이 독지네를 잔뜩 풀어놓고!"

"그러면 독지네를 푼 놈에게 따져야지, 왜 내게 그러느냐 말이다?"

"뭐?"

"아닌 말로, 내가 그랬어? 왜 내게 화풀이를 하느냔 말이지."

농노대가 너무도 진지하게 말을 하는 바람에 진자강은

순간 멍해졌다.

그런가? 농노대는 잘못이 없나? 독지네를 푼 건 망료이니 망료에게 따져야 하는가?

당장에 농노대가 용명의 다리를 걸레짝으로 만들어 놓은 것만 봐도 좋은 자가 아니라는 건 알겠다. 하지만 그가 정말 지독문과 관계가 없는 걸까?

진자강은 머릿속이 복잡해졌다.

눈이 초점을 잃고 흐릿해졌다.

용명은 진자강에게 정신을 차리라고 경고해 주고 싶었다. 이런 때에 다른 생각을 하는 건 그야말로 위험한 일이다.

특히나 농노대처럼 속이 음흉하고 노회(老獪)한 자라면 더욱 말이다.

아니나 다를까. 농노대가 슬쩍 손을 뒤로 옮기는 게 보인다.

그러더니 어느새 손가락 사이에 끈이 쥐어져 있다. 그 끈은 농노대가 짊어진 책궤로 이어져 있었다.

농노대가 손가락으로 끈을 당겨 감자, 책궤 옆이 살짝 들리면서 구멍이 드러났고, 그 구멍에서 전갈 몇 마리가 기어 나오기 시작했다.

배는 시커멓고 등은 누런빛이 감도는 특이한 색의 전갈이다.

전갈들이 끈을 타고 기어 농노대의 소매 속으로 소리 없이 들어갔다. 이제 농노대가 소매를 떨치면 전갈들이 뛰어나와 진자강을 덮칠 것이다.

농노대의 입장에서도 진자강에게 가까이 가는 건 꺼림칙하다. 괜히 가까이 가면 진자강이 무슨 짓을 할지 모르니, 아예 독전갈을 이용해 몸을 구속시켜 놓으려는 생각이었다.

용명은 급히 진자강을 쳐다보았다. 진자강은 그야말로 무방비 상태다.

"위허⋯⋯!"

몸이 마비에서 덜 풀린 용명보다 농노대의 손짓이 더 빨랐다. 농노대가 소매를 떨치자 전갈들이 진자강을 향해 날아갔다.

용명은 진자강이 독에 저항력이 있다는 걸 어느 정도 알고 있었기에 뒤늦게나마 움직였다. 온 힘을 다해 농노대의 턱을 머리로 들이받았다.

농노대는 용명이 움직일 수 있을 거라고 생각도 못 한 탓에 불의의 기습을 허용하고 말았다.

빠악!

"컥!"

농노대의 고개가 젖혀지며 크게 휘청댔다.

농노대는 노련한 무인답게 넘어지지 않고 금세 중심을

잡았으나 용명이 아예 몸으로 농노대를 밀어서 결국은 넘어뜨렸다. 용명은 농노대의 위에 올라탄 상태로 버둥대며 외쳤다.

"다, 달아나거라!"

"비켜라! 이놈!"

농노대는 살점이 너덜너덜한 용명의 허벅지를 손으로 헤집었다.

"아아악!"

용명은 고통스러워하면서도 몸을 비키지 않았다. 오히려 농노대의 목을 물어뜯었다. 농노대는 무공이 낮지 않으므로 지척에서의 공격이었지만 머리를 돌려 피했다.

빠각!

용명이 어찌나 세게 물었는지 섬뜩하게도 이빨이 부서지는 소리가 났다.

"이런 미친놈이!"

농노대는 용명의 옆구리에 칼을 박으며 밀어냈다. 용명은 더 이상 버티지 못하고 옆으로 쓰러졌다.

"독한 놈들. 문파가 멀쩡할 때나 그리 독하게 살았어 봐. 지금 이 꼴이 됐나."

농노대가 욕설을 내뱉으며 겨우 일어나 앉았을 때.

바로 앞에 누군가 서 있는 게 보였다. 어린 소년의 몸뚱이다. 누군지 뻔하다.

"응?"

농노대는 어이가 없어서 웃음이 나오려 했다.

"뭐야, 네놈. 아직도 안 달아났느냐?"

어차피 몸이 시원찮아 달아나지도 못했을 테지만, 그렇다고 앞에 와서 서 있는 꼴이라니. 가소롭기 짝이 없었다.

그런데, 전갈은?

자기가 뿌린 독전갈에 물렸으면 지금쯤 고통을 호소하며 바닥을 구르고 있어야 정상이거늘?

농노대가 고개를 들어 보니 진자강이 얼굴과 몸에 전갈을 붙인 채 농노대를 빤히 내려다보고 있었다.

"뭐냐?"

황당한 광경이 아닐 수 없었다. 물리지 않았나 했더니 그건 또 아니다.

얼굴에 붙은 전갈들은 이미 진자강의 뺨과 이마에 꼬리를 박아 넣고 있는 중이었던 것이다.

유독 황금빛을 띠고 있어 금갈(金蝎)이라 불리는 독전갈이다. 맹수도 한번 물리면 몸이 마비되어 꼼짝 못 해야 정상이었다.

그런데 진자강은 얼굴에 전갈을 매달고 입으로는 뭔가의 풀을 질겅거리며 씹고 있다.

"뭐야, 이거?"

얼굴이 부어오르고 핏줄이 툭툭 불거지고 있어 중독되고 있는 게 뻔히 보이는데, 정작 진자강 본인은 전갈을 안중에도 없이 풀 씹기를 멈추지 않는다.

"지금 이게 무슨 상황이야?"

빤히 자신을 내려다보는 진자강의 눈빛이 너무 차갑고 냉정해 보인다는 걸 깨달았을 때, 농노대는 돌연 등줄기가 서늘해지더니 스멀스멀 공포심이 올라왔다.

'두려워한다고? 이 내가? 이런 꼬마 놈에게?'

농노대는 저도 모르게 손에 내공을 넣어 진자강을 칠 뻔했다가 겨우 자제심을 갖고 멈추었다.

'안 돼! 놈을 죽이면 독을 못 얻는다!'

농노대가 주춤하는 사이, 진자강이 놓치지 않고 농노대를 향해 입에 있는 것을 내뿜었다.

푸— 웃!

씹고 있던 풀의 즙과 짓이겨진 조각들이 농노대의 얼굴에 쏟아졌다.

농노대는 급히 손바닥으로 막았지만 손가락 사이로 즙이 새었다.

무공을 익힌 자들은 칼이 얼굴로 날아와도 눈을 감지 않는 경우가 많다. 상대를 끝까지 주시하기 위해서다.

농노대도 무의식적으로 눈을 감지 않았다. 뒤늦게 아차 싶어 눈을 감으려 했을 땐 이미 진자강이 내뿜은 풀즙이 농노대의 눈으로 스며들고 말았다.

"으허억?"

농노대는 눈이 시큰해지는 걸 깨달았다. 화가 나서 일어나 손을 휘둘렀지만 진자강은 벌써 물러선 뒤였다.

"크윽!"

눈을 뜰 수가 없었다. 억지로 눈을 떴지만 시야가 뿌옇고 잘 보이지 않는다.

따끔거리고 아파서 눈물이 줄줄 흘렀다.

"뭐야아! 이게 뭐냐고—!"

농노대는 뒤로 주춤거리고 물러서며 마구 손을 휘둘렀다.

마치 그에 대답이라도 하듯이, 진자강이 말했다.

"초오."

"뭣이?"

농노대는 그제야 떠올렸다. 용명을 발견했을 때 주위에 떨어져 있던 초오들.

진자강은 그걸 씹고 있었던 것이다.

'눈을 씻어내야 해! 이대로 있으면 장님이 된다!'

농노대가 소리를 질렀다.

"내게 왜 이러는 게냐! 내가 뭘 잘못했다고!"

"방금 기억났어."

"뭐?"

휘익! 바람 소리가 들렸다. 보이지 않아도 그게 진자강의 공격이라는 건 알 수 있었다.

농노대는 급히 몸을 뒤로 젖혔다가 바닥을 향해 일장을 날렸다.

펑!

진자강이 아니라 애먼 땅바닥만 쳤다.

돌멩이가 날아와 농노대의 머리를 때렸다.

평소라면 눈이 보이지 않아도 소리로 피할 수 있었겠지만, 지금은 눈으로 초오의 독이 들어가 감각에 이상이 왔다. 진자강이 던지는 돌멩이를 제대로 피할 수가 없었다.

계속해서 돌멩이가 날아왔다.

딱. 딱!

"그, 그만!"

머리가 띵하고 감각이 둔해졌다.

초오의 독 때문이다.

머리가 찢어져 뜨거운 피가 흘렀다.

농노대는 마음이 급해졌다. 더 독이 퍼지기 전에 해독을 해야 한다.

"백화절곡에 독물을 푼 건 내가 아니라 망료란 놈이다!

아무 죄도 없는 내가 왜 억울하게 죽어야 하는 것이냐!"

농노대는 입으로 쉬지 않고 떠들면서 등에 지고 있던 책궤를 내려놓았다. 더듬거리며 뚜껑을 열었다. 그 안에는 초오의 독을 해독할 수 있는 가루가 있었다.

하지만 그걸 그대로 내버려 둘 진자강이 아니었다. 진자강은 대뜸 책궤를 발로 차서 옆으로 쳐 냈다.

"이대로 날 죽인다면 구천을 떠돌며 네놈을 원망할 테다!"

입으로는 떠들었지만, 농노대의 흉계는 멈추지 않았다. 진자강이 방해할 걸 짐작했기에 이미 책궤 안에서 독침(毒針)을 꺼내 녹피 장갑을 낀 손에 들고 있었다.

진자강이 책궤를 차는 순간 농노대는 그 방향으로 사력을 다해 독침을 던졌다.

"윽!"

진자강이 답답한 신음을 내뱉는 소리가 들렸다.

박혔다!

농노대는 쾌재를 불렀다. 바로 앞이니 피하지 못했을 것이다.

"걸렸구나! 칠공독(七空毒)이다! 이제 네놈은 일각 안에 전신의 구멍이란 구멍에서 모두 피를 쏟으며 뒈질 것이니라!"

하지만 독침을 맞은 진자강의 목소리는 너무나 태연했다.

"칠공독…… 진짜 아프네."

"으…… 응?"

팍!

진자강의 말이 끝나기가 무섭게 농노대의 발등에 통증이 왔다. 독침을 뽑은 진자강이 오히려 그것으로 농노대의 발등을 찍은 것이다.

"크앗!"

농노대는 발길질을 했지만 몸이 말을 안 들어 헛발질을 했다. 오히려 중심을 잃고 주저앉았다.

"으, 으아악!"

발등이 뻐근해졌다. 금세 무지막지한 통증이 밀려왔다. 눈에 들어온 초오도 극독이지만 칠공독은 살상만을 위해 제조한 혼합독이었다. 직접 제작했으니 누구보다도 칠공독의 무서움에 대해 아는 농노대다.

발등에 찍힌 칠공독이 따뜻한 피를 타고 온몸으로 퍼지는 건 순식간이다. 벌써 감각이 사라지고 다리가 뻣뻣해졌다.

진자강의 목소리가 들려왔다.

"전신의 구멍에서 피를 쏟으며 죽는다고?"

진자강의 고저(高低) 없는 말투에 농노대는 소름이 끼쳤다.

"나는 억울하다! 나는 죄가 없단 말이다!"

농노대는 말을 하면서도 소매에 있는 칠공독의 해독약을

꺼냈다. 기름종이에 쌓인 가루로 된 해독약이다. 하지만 손이 떨려 해독약을 놓치고 말았다.

바닥을 더듬거리는데 진자강이 해독약을 주워 가는 소리가 들렸다.

농노대는 절망에 휩싸였다. 발등의 살이 허물어지고 진물이 흐르는 게 느껴졌다. 이제 그것이 온몸으로 퍼질 것이다.

농노대가 절규하듯 외쳤다.

"네놈이 양심이 있다면 죄는 망료에게 묻고, 나는 어서 해독하게 해 다오!"

진자강은 여전히 차가웠다.

"기억났다니까."

농노대에겐 시간이 많지 않았다. 다급히 되물었다.

"뭐가! 뭐가 말이냐!"

진자강이 대답했다.

"무림총연맹 운남 지부에서 조정관 백리중에게 곽오 형을 소개시켜 준 거. 공판장에서 지독문을 변호하던 거."

농노대는 얼어붙었다.

진자강이 물었다.

"그거 당신, 맞지?"

第三章

지옥으로의 회귀

진자강이 재차 물었다.

"그런데 잘못이 없어?"

"나는, 모르는 일이다. 나는, 나는 몰라!"

농노대는 끝까지 오리발을 내밀었다. 하지만 그의 전신에서는 고약한 냄새가 나고 이내 피부가 상해 진물이 흐르며, 피가 맺히기 시작했다.

"으으, 제발…… 해독약을……."

진자강은 농노대의 모습을 지켜보며 자기의 눈과 코, 입에서 흐르는 피를 닦았다. 칠공독이 작용했지만 진자강에게는 치명적이지 않다.

그러나 농노대는 아니다. 농노대는 눈, 코, 입, 귀까지, 정말로 일곱 개의 구멍에서 전부 피를 줄줄 흘리고 있었다.

진자강은 해독약을 주지 않았다. 멀리 던져 버렸다.

해독약 던지는 소리를 들은 농노대는 절망했다.

"아프다…… 고통스러워. 으으……."

농노대는 눈이 멀었고 손가락 끝부터 썩어 들어가는 자신의 몸 상태를 느꼈다. 이미 독이 퍼질 만큼 퍼졌다. 온몸을 바늘로 찌르는 듯 아팠다.

독침에 찔린 지 벌써 시간이 꽤 됐다. 이젠 해독약을 먹는 대도 살 수 없을 터였다. 몸이 녹아서 바닥으로 파묻혀 가는 느낌과 함께 농노대는 고통에 몸부림쳤다.

그때 용명이 기침을 했다.

"쿨럭쿨럭."

진자강이 용명을 쳐다보니 용명이 말했다.

"자비를, 베풀어 주거라……."

하지만 진자강은 움직이지 않았다.

농노대는 죽어야 했다. 최대한 고통스럽게.

끝까지 자신의 죄를 인정하지 않고 처참하게 죽어 가는 농노대에게는 조금의 연민도 들지 않았다.

용명은 피투성이가 된 채 쓴웃음을 짓더니, 스스로 바닥을 기어 농노대의 앞까지 갔다.

농노대는 피가 가득 찬 눈을 떴다. 이미 눈은 보이지 않았지만 용명이 다가온 건 알았다.

농노대는 고통으로 피땀을 흘리면서 용명을 비웃었다.

"나약하긴……."

용명은 자신의 옆구리에 박힌 칼을 뽑아 힘겹게 들었다.

"내세에선 부디, 악인으로 태어나지 않, 기를."

"으흐흐흐. 내가…… 이 내가 이렇게 허무하게 죽을 줄이야……."

농노대는 자조 섞인 목소리로 웃었다.

"잘, 가시오."

용명이 농노대를 향해 칼질을 했다.

"흐읍!"

농노대는 목을 길게 빼고 죽을 준비를 했다.

썩!

그러나 안타깝게도 농노대는 칼질 한 번에 죽지 않았다. 단칼에 사람의 목숨을 끊는다는 건 좀처럼 쉬운 일이 아닌 것이다.

더욱이 용명은 몸 상태가 좋은 편이 아니었다. 특히나 뾰족한 단도도 아니고 날이 펄렁거리는 박도였기 때문에 더했다.

반만 베였다.

농노대는 베인 목에서 피를 내뿜었다.

"꺽! 꺼억!"

아까보다도 더 고통스러웠다. 농노대는 몸을 펄떡거렸다.

용명은 이를 악물고 칼질을 한 번 더 했다. 하지만 농노대가 몸을 펄떡대는 바람에 칼이 엇나가 어깨에 맞았다.

농노대가 비명을 질렀다.

"꺽!"

용명이 다시 칼질을 했지만 이번엔 쇄골에 박혔다. 이제는 칼을 휘두르는 것도 힘에 부쳤다. 억지로 칼질을 했더니 쇄골에 칼날이 박혀 버려 뽑히질 않았다.

"하, 하아. 이런."

용명은 어쩔 수 없이 칼을 놓고 주저앉았다.

농노대의 눈에 어이없음과 악독한 빛이 동시에 떠올랐다. 목이 베여서 거의 바람이 빠진 듯한 소리로 욕지거리를 내뱉었다.

"이…… 이 새끼가……."

농노대는 바르르 떨면서 한동안 계속되는 고통에 몸부림쳐야 했다. 하지만 시간이 지나자 농노대의 몸부림도 점차 잦아들어 갔다.

"끄륵, 끄르르륵."

입에서 피거품이 새어 나오며 농노대는 더 이상 움직이

지 않게 되었다.

용명은 나무에 등을 기댔다. 피를 너무 흘려서 어지럽고 입술이 바싹 말랐다.

진자강이 그 앞에 다가와 쪼그리고 앉았다.

용명은 진자강을 가만히 보았다.

전갈에 물려서 붓고 했던 얼굴의 상처는 벌써 거의 가라 앉아 있었다. 칠공독이 발린 침에 찔린 허벅지에는 커다란 궤양이 생겼으나, 그것도 서서히 낫고 있는 듯했다.

얼마나 대단한 기연을 만난 걸까, 이 아이는.

용명은 진자강이라면 이 처참한 운명에서 살아남을 수 있을지도 모르겠다고 생각했다. 하지만 자기는 아니다. 마비는 풀려 가고 있었지만 농노대가 만든 상처가 너무 극심하다.

"하하…… 나는…… 그른, 것 같구나."

진자강도 이번에는 살 수 있을 것 같다는 말을 하지 않았다. 복어 독에만 중독되었을 때와는 상황이 달랐다.

옆구리에서 흐르는 피만 봐도 도저히 구할 수 없다는 걸 알 수 있었다. 심지어 다리는…… 허연 뼈가 여기저기 드러나 있을 지경이니.

그래서 진자강은 용명의 마지막 말을 들어 주기 위해 남은 것이다.

용명이 진자강을 보며 물었다.

"아직도 복수를, 하겠다는 생각, 이냐?"

마비가 풀려 말은 잘 나왔다.

진자강은 조금의 망설임도 없이 대답했다.

"네."

용명이 피가 섞인 기침을 했다.

"쿨럭쿨럭!"

용명은 이제 정말로 시간이 거의 없다는 걸 깨달았다. 품에서 본초양공의 비급을 꺼내 진자강에게 주었다.

"약왕문, 에 남은 건, 나 하나뿐이다. 자, 받, 거라."

진자강은 비급을 받았다. 그러나 고개를 가로저었다.

"저는 백화절곡의 후예예요. 약왕문의 후대를 이을 순 없어요."

"비전을, 이어 주는 것만으로 족하다. 공동 전승자 정도면…… 언젠가 연이 닿으면 다른 전승자를, 알아봐 주어도 좋고."

"예."

진자강이 받아들이자, 용명은 드디어 마음이 편해졌다.

"후…… 우…… 적어도 삼백 년, 약왕문의, 역사가 내 손에서, 끊기진, 않겠구, 나."

길게 숨을 쉰 용명이 진자강을 바라보았다.

한동안 진자강을 바라보던 용명이 말했다.

"부탁, 한다."

진자강은 입을 꽉 다물고 고개를 끄덕였다.

가슴에 뜨거운 것이 치밀었다. 하지만 용명에게 마음의 부담감을 주기 싫어 애써 무표정을 지었다.

진자강은 독기를 끌어 올려 새끼손가락에 맺게 했다. 그것을 깨물어 용명의 입에 떨구었다.

용명은 미소를 지었다. 새하얗게 창백해진 얼굴로 고통스러운 땀을 흘리고 있었으나, 기분만큼은 개운해 보였다.

"크윽!"

진자강이 가진 독은 극독 중의 극독.

이미 거의 숨이 꺼져 가던 용명에게는 매우 치명적이었다.

"고맙……."

용명은 말도 채 끝내지 못하고 몸부림을 치더니 단말마의 짧은 비명을 내질렀다.

"끅!"

그러고는 서서히 늘어지기 시작했다. 눈동자에서 생기가 풀려 갔다.

주륵.

진자강의 눈에서 눈물이 흘렀다.

가슴이 허전했다.

잠깐 동안이었지만 혼자가 아니라는 사실이, 심정적으로

나마 기댈 수 있는 어른이 있다는 사실이 진자강에게 의외로 의지가 되었던 모양이다.

이제 진자강은 다시 혼자가 되었다.

진자강은 눈물을 닦고 제자리에서 일어나 용명의 시체에 절을 했다.

진자강은 입술을 꾹 물었다.

가슴은 아프지만 감정에 치우쳐서 시간을 낭비할 수는 없다. 아직 추격대가 열네 명이나 남아 있다.

진자강은 농노대의 시체로 가서 몸을 뒤졌다. 필요한 것이 있다면 뭐든 챙겨 두려는 생각이었다.

왼쪽 소맷자락에서 기름종이에 싸인 분말들이 나왔다. 그중에는 진자강을 고생시켰던 시커먼 오심산의 가루들도 있었다.

반대쪽 소매에는 사기로 만든 작은 약병들이 있었다. 열어 보니 거북하지 않은 향이 나는 것으로 보아 아마도 해독약인 듯싶었다. 뭔가 더 없나 싶어 소매를 더 뒤지자, 작은 호각이 굴러 나왔다.

'호각?'

신호를 알리는 데 쓰는 평범한 호각이었다.

진작 불었다면 도움을 받을 수 있었을 텐데, 끝까지 욕심을 부리다가 몸이 마비되어 불지 못한 모양이었다.

더 찾을 게 없자 진자강은 쓰러진 책궤로 가서 안을 확인
했다. 온갖 잡화는 물론이고 무언지 알 수 없는 것들이 잔뜩
있었는데 진자강이 독을 발라 놓았던 나뭇가지나 풀들도 들
어 있었고, 삐죽삐죽한 밤송이 같은 암기와 독침들도 있었다.

대부분이 독 관련 물건들임에는 분명해 보였으나, 대저 의
심이 많은 자들이 그러하듯 농노대는 물건들에 이름을 써 놓
지 않았다. 누군가 훔쳐가서 사용할 것을 우려한 탓이었다.

진자강은 호각과 책궤를 번갈아 쳐다보았다.

'남은 건 열네 명.'

주위를 둘러보았다. 지금 서 있는 지형은 호리병처럼 수
풀로 둥글게 둘러싸인 안쪽이었다. 호리병 안에 용명과 농
노대의 시체가 놓여 있는 듯한 형국이다.

진자강은 생각했다.

'내가 만약 호각을 분다면……?'

남은 추격대들이 호각소리를 듣고 몰려온다면 어느 쪽으
로 들어오게 될까?

아마도 호리병의 긴 입구처럼 되어 있는 쪽으로 해서 용
명과 농노대의 시체가 있는 안으로 들어서게 될 것이다.

사람들은 보통 아무것도 없는 수풀을 헤치는 것보다 조
금이라도 길이 난 쪽으로 다니기 마련이니까.

진자강은 책궤를 탈탈 털어 안에 있는 것을 전부 꺼냈다.

그리고 그중에서 독이라 생각되는 것을 전부 꺼내 주변에 살포했다. 종류는 상관하지 않았다. 그냥 되는대로 전부 뿌렸다. 용명과 농노대의 시체를 중심으로 해서 넓게 원을 그리며 독을 뿌려 둔 것이다. 사람 열네 명이 족히 들어갈 만한 원이다.

전갈이 들어가 있는 상자도 꺼내서 전갈도 뿌려 뒀다. 밤송이처럼 생긴 암기에도 독을 발라 원의 바깥에 이리저리 던져 두었다.

용명과 농노대의 시체 주위는 완전히 독으로 둘러싸였다. 겉으로 볼 땐 그냥 수풀이지만 실제로는 독의 장벽이 들어선 셈이다. 입구만 막으면 그 안에서 쉽게 빠져나오지 못할 것이 분명했다.

그렇게 갖은 독을 다 뿌려 둔 후, 호각을 꺼냈다.

호각을 꺼내 손에서 만지작대며 두근거리는 마음을 가라앉혔다. 이윽고 크게 심호흡을 한 진자강은 호각을 입에 대고 힘껏 불었다.

삐이이익—

*　　　*　　　*

삐이익! 삐이이익!

날카로운 호각 소리가 온 산을 울려 댔다.

진자강의 흔적을 찾아 헤매던 지독문의 추격대, 사흥삼과 날명도 그 소리를 들었다.

"농노대의 신호인 것 같소!"

"반대쪽이었나?"

어쩐지 진자강의 흔적이 어느 순간 뚝 끊겨서 이상하다 생각하던 중이었다.

날명도가 의아해했다.

"호각 소리가 다급하게 들리오."

"어서 가 봅시다."

사흥삼은 날명도와 무사들을 이끌고 길을 거꾸로 되돌아갔다.

아까의 갈림길에서 반대쪽으로 가자 바닥에 핏방울이 보였다. 핏방울은 길옆의 숲쪽으로 이어져 있었다.

혹시나 싶어 무사들을 그쪽으로 보냈는데, 무사들이 들어가자마자 뛰쳐나왔다. 무사들의 얼굴이 사색이 되어 있었다.

"여기 시체가 있습니다!"

시체가 있는 건 이상한 일은 아니다. 오는 도중에도 중독되어 죽은 무사의 시체가 있었으니까.

그러나 무사가 다음 말을 이었을 때, 사홍삼과 날명도는 무사가 왜 그리 놀랐는지 알 수 있었다.

"노, 농 장로의 시체입니다!"

"뭣이?"

사홍삼은 무사들과 함께 숲으로 들어섰다.

과연 무사의 말대로 농노대의 시체가 숲 한가운데에 널브러져 있었다.

얼마나 심하게 당했는지 목 주변에는 몇 번이나 칼질을 한 흔적이 있었고, 목은 반이나 잘려 머리가 덜렁거렸다.

어지간히 원한이 깊지 않고서야 나오기 어려운 모습이었다. 너무 잔인하게 죽어 사홍삼은 자기도 모르게 눈살을 찌푸렸다.

"으음!"

그리고 그 옆에는 약왕문의 부문주 용명 역시 끔찍하게 다리가 난자되어 피를 흘리며 죽어 있었다.

사홍삼은 용명과 농노대의 근처로 가서 시체를 확인했다. 그러더니 고개를 갸우뚱했다. 이해가 되지 않는 모습이었다.

"몸이 식었소. 우리가 오기 한참 전에 죽은 모양인데."

날명도도 인상을 썼다.

"그럼 누가 호각을……."

삐익!

마치 그 말을 들은 것처럼 호각이 울렸다.

사홍삼과 날명도, 무사들이 고개를 돌렸다.

그들이 들어온 쪽의 길, 길목에 소년 진자강이 호각을 들고 서 있었다.

날명도는 어이가 없었다.

"뭐야, 저놈. 지금 제가 스스로 나타난 거요? 저놈이 미쳤나."

미치지 않고서야 나 잡아 줍쇼 하고 나타날 리가 없지 않은가!

사홍삼이 진자강에게 물었다.

"네가 농 장로를 죽였느냐?"

진자강은 대답을 하지 않았다. 다만 손에 묻은 피를 자기 옷에 닦으며 품에서 기름종이를 꺼냈다.

"뭘 하는 게냐?"

"……."

"왜 호각을 불어 우리를 유인했느냐!"

진자강은 접힌 기름종이를 펼쳐 바닥에 털었다. 그러면서 표정 없는 얼굴로 사홍삼을 빤히 바라보며 대답했다.

"왜는요. 다 죽이려고 불렀죠."

순간 적막이 흘렀다.

진자강의 입에서 그런 말이 나올 거라고는 전혀 상상도 못 했던 탓이다.

한참 만에야 날명도가 어이가 없는 표정을 지으며 입을 열었다.

"뭣이?"

코웃음이 나왔다.

"이 미친놈이……."

날명도가 비도를 꺼내 들려 하는데 사홍삼이 가로막았다.

"잠깐."

"왜 그러시오? 비도 한 번만 날리면 놈의 목을 딸 수 있소."

사홍삼이 진자강을 눈짓하며 고개를 저었다.

"놈에게 꿍꿍이가 있는 것 같소."

"어린놈이 꿍꿍이가 있어 봤자……."

하지만 날명도는 말을 끝까지 잇지 못했다.

어린놈이 꿍꿍이를 부려 봤자지, 라고 하기에는 이미 죽은 자들이 너무 많았던 것이다.

원래 진자강은 먼 데 있지 않았다. 들어오는 입구 쪽의 나무 뒤에 숨어 바싹 엎드린 채 있었다. 만일 추격대가 바닥의 핏자국에 정신이 팔리지 않았더라면 충분히 찾아냈을 터였다.

무사들과 사흥삼이 지나가자 진자강은 침착하게 적의 숫자를 세었다.

열네 명.

숫자를 확인하고 나자 나타나서 독을 뿌려 입구를 막아 버린 것이다.

그 같은 사정을 알 길이 없는 사흥삼들로서는 진자강이 대놓고 앞에 나타난 게 어이없기도 했지만, 한편으로는 불안한 마음이 들기 시작한 것도 사실이었다.

진자강은 독을 뿌려 놓고 뒤로 물러났다. 그러고는 멀찍이서 다시 기름종이를 꺼내 들었다. 이번엔 바닥이 아니라 공중에다 대고 털었다.

파스스스.

날명도가 어이없다는 듯 웃었다.

"가까이 못 오게 하려고 있는 대로 독을 다 뿌리는 거냐? 그럴 거면 뭐하러……."

그러나 자신의 생각이 틀렸다는 건 금세 알 수 있었다.

"쿵. 이게 무슨 냄새지?"

진자강에게 가까이 있던 무사가 코를 킁킁댔다. 그러다가 금세 얼굴이 누렇게 떠서 입을 틀어막는다.

"커억!"

바람이 불어오고 있었다.

진자강에게서 지독문의 추격대 쪽으로.

진자강이 뿌린 아주 미세한 분말이 송홧가루처럼 추격대에게 날아가고 있었던 것이다.

기겁을 한 추격대가 뒤로 물러섰다.

"독이다!"

급하게 숨을 참고 천을 꺼내어 코와 입을 막으며 물러났지만 그 와중에 두 명이 더 쓰러졌다.

"끄억!"

중독된 무사들은 얼굴에 시퍼런 힘줄이 돋아나며 간지러운 듯 몸을 마구 긁어 댔다. 살이 까지고 피가 나도 계속해서 할퀴었다.

"끄아아아!"

까진 살갗에서 싯누런 고름이 맺혀 흐른다.

사흥삼은 그 독의 정체를 금세 알아챘다.

"지옥마양산(地獄摩痒散)!"

사흥삼이 소리쳤다.

"다들 물러나! 피부에 닿으면 중독된다!"

진자강이야 독을 생각 없이 있는 대로 다 풀어 버리는 중이었지만, 지옥마양산은 농노대가 사용하는 독 중에서도 살상력이 높은 독으로 유명했다.

무사들은 진자강에게서 최대한 멀리 떨어졌다. 그러나 이미 이곳은 진자강이 전체를 빙 둘러서 독을 살포해 놓은 곳이다. 숲을 헤치고 진자강의 뒤로 돌아가려던 무사들이 비명을 질렀다.

"크아악!"

무사들이 발을 잡고 나뒹굴었다. 발바닥에 밤송이와 같은 암기며 침들이 잔뜩 박혀 있었다. 그것조차도 독이 발린 것인데 나뒹굴면서 진자강이 미리 뿌려 놓은 독을 흡입하기까지 했다. 운 좋게 암기를 밟지 않았더라도 풀 위에 뿌려 놓은 독가루를 마신 자들은 죄다 중독되었다.

"우에엑!"

개중에는 진자강이 먹었던 오심산을 마시고 구토하는 자들도 있었다. 치명적이든 치명적이지 않든 다수가 한꺼번에 여러 증상으로 중독이 되니 순식간에 난장판이 되었다.

사홍삼은 돌아가는 상황을 알아챘다.

"저놈이 농노대의 독을 손에 넣었구나!"

중독되지 않은 무사들 수가 반절밖에 남지 않았다.

날명도는 이를 갈면서 비도를 꺼내 들었다. 날명도의 비도술은 이미 익히 본 바 있는 진자강이다.

진자강은 바로 나무 뒤로 숨었다. 날명도가 내공을 담아 비도를 던졌다.

팍!

아름드리나무 줄기에 손잡이까지 비도가 박혔다. 숨어 있던 진자강이 다 놀랄 정도였다.

으드득.

날명도가 이를 갈며 소리쳤다.

"나와라, 이놈!"

말 같지도 않은 소리다. 진자강은 대꾸도 하지 않았다.

대신 부싯돌을 꺼냈다. 농노대의 책궤 속에 있던 잡화에서 발견한 것이었다. 이미 아까 전 마른 덤불을 주워 뭉치로 만들어 놓았다.

칙칙.

진자강은 마른 덤불에 부싯돌로 불을 붙였다.

순식간에 불이 붙었다. 진자강은 불이 붙은 덤불을 주변으로 던졌다.

가을의 바싹 마른 풀들이 순식간에 불타올랐다.

"저, 저놈이 불을 냈다!"

사흥삼과 날명도를 비롯한 지독문의 무사들은 안색이 파랗게 질렸다.

바람은 진자강에게서 자기들 쪽으로 분다.

앞은 불, 뒤는 독이다.

가만히 있으면 타 죽고, 도망가도 독에 죽는다.

연기가 자욱하게 피어오르고, 그 연기는 바람을 따라 추격대 쪽으로 흘렀다. 불이 붙으면서 독가루들이 타서 연기가 독성을 품고 매캐해졌다.

"쿨럭쿨럭!"

무사들의 기침 소리가 연신 울렸다.

"쿨럭! 놈이 달아나게 해서는 안 돼!"

사홍삼이 외치는 소리가 들려왔다. 그러나 진자강은 달아나지 않았다. 처음부터 달아날 생각도 없었다. 오히려 저들을 다 죽이겠다는 생각뿐이었다.

열네 명이나 되는 사람들을 모두 죽이겠다고 마음먹는 것은, 어쩔 수 없는 일이라 해도 기분이 좋은 일은 아니었다.

그러나 진자강은 방심하면 죽는다는 걸 잘 알고 있었다. 대막대도나 날명도가 사람을 죽일 때 얼마나 빠르고 잔혹하게 죽였는지 이미 두 눈으로 똑똑히 본 바 있다. 이런 마당에 방심이란 말은 어울리지 않았다.

이왕 시작했으면 후환을 남기지 말아야 한다.

진자강은 남은 덤불에 불을 붙여서 다시 던지려고 했다.

그런데 그때 연기를 뚫고 시커먼 손 하나가 쑥 튀어나오는 게 아닌가!

뼈만 남은 듯한 길쭉한 손가락의 우악스러운 손이 나무 뒤에 있던 진자강의 얼굴을 그대로 움켜쥐었다. 어찌나 악력이 센지 진자강은 코가 눌려서 코피까지 터졌다.

"으아악!"

손이 진자강을 번쩍 들어 올렸다.

"이 쥐새끼 같은 놈!"

온몸이 시커멓게 그을리고 곳곳에 불이 붙은 날명도였다. 가까이 오는 동안 중독이 되었는지 입가에서 검은 피도 흘렀다. 무작정 내공으로 버티면서 불을 뚫고 나온 것이다.

"아으으윽!"

진자강은 버둥거리면서 발로 날명도를 찼지만 날명도는 끄떡도 않았다.

진자강은 급히 독기를 끌어냈다.

하지만 날명도가 더 빨랐다.

"제깟 게 감히 나를 죽이려 들어?"

날명도가 손에 힘을 주자 진자강의 코와 머리뼈에서 우득우득 소리가 났다.

"으아악!"

진자강은 너무 아파서 정신이 하나도 없었다. 독기를 끌어 올리던 중이라 찢어진 새끼손가락의 소택혈에서는 끌어 올린 독기가 뚝뚝 떨어지고 있었다.

아래에는 불이 붙어 타고 있는 덤불이 있다.

전혀 의도한 것은 아니었으나 독액에 불이 닿는 순간 갑자기 확 불길이 일며 타올랐다.

화그르르!

유황이 타는 듯한 냄새와 함께 매우 유독한 연기가 피어올랐다. 혼천지에서 늘상 피어오르던 유황 연기보다도 더 독한 독연(毒煙)이었다.

"머리를 터뜨려서 죽여 주…… 크흡!"

날명도는 말을 하다가 멈췄다.

코가 찌릿하고 입에서 타는 맛이 났다.

말을 하는 바람에 자기도 모르게 유황의 독연을 그대로 흡입하고 말았다. 코와 입의 점막으로 침투한 독연의 독기가 순식간에 날명도의 몸에 흡수되었다.

날명도는 가뜩이나 내공으로 기존의 독을 밀어내고 있던 터였는데, 거기에 유황의 강력한 독기가 더해지는 바람에 버틸 수가 없었다.

막대한 독기가 내공의 벽을 부수고 들어오며 다른 독들까지도 한꺼번에 전신으로 퍼졌다.

진자강의 머리통을 쥔 손에 힘이 빠졌다. 날명도는 진자강을 놓쳤다.

"끅, 꺼윽."

코와 목의 점막이 순식간에 부어올랐다. 날명도는 숨이 콱 막혔다.

답답해서 목을 쥐었다. 눈이 충혈되어 새빨개졌다.

숨을 못 쉬어서 계속 얼굴이 시커멓게 죽어 갔다. 독연이 피부에 닿아 얼굴에 수포가 하나둘 생겨나며 징그러운 몰골이 되었다.

날명도는 내공을 짜내어 목 쪽의 혈도를 누르려 했다. 그것을 가만히 두고 볼 진자강이 아니었다.

진자강 역시 독연 때문에 숨을 못 쉬기는 마찬가지였지만 날명도만큼은 아니었다. 그리고 이런 경우에 어떻게 해야 하는지도 알고 있었기에 날명도보다 오히려 침착했다.

진자강은 바닥에서 뾰족한 돌을 주워 독액을 바르고 날명도의 팔을 찍었다. 날명도는 피하지도 못하고 돌에 찍혔다. 조금 상처가 난 정도였지만, 진자강이 상처를 냈을 때 무슨 일이 벌어지는지는 매우 명백하다.

날명도는 진자강을 노려보면서 꽉 막혀 답답한 목으로 욕지거리를 내려 했으나 아무런 말도 나오지 않았다.

"……."

진자강은 날명도를 마주 노려보았다. 날명도의 동공이 서서히 풀리며 몸이 넘어갔다.

쿵!

진자강은 날명도를 찍었던 돌을 닦은 후에 그것을 자기의 목에 대었다.

진자강도 목이 붓는 바람에 호흡이 딸려 거의 정신을 잃기 직전이었다. 진자강은 망설일 틈도 없이 목을 그었다. 예전에 망료가 그었던 자리 그대로다.

피가 탁 터지듯 새며 숨이 트였다.

"헉헉."

진자강은 바닥에 손을 짚고 숨을 몰아쉬었다.

그사이 불은 더 거세져서 산불이 되어 가고 있었다. 시커먼 연기 때문에 앞이 잘 보이지도 않았다. 비명과 신음 소리도 거의 들려오지 않는다.

'다 죽었나?'

너무 뜨거워서 진자강도 더는 견디기 어렵다. 진자강은 피가 새는 목을 붙들고 겨우 몸을 일으켜 뒤로 물러났다.

거대한 산불이 바람을 타고 삽시간에 산을 뒤덮어가고 있었다.

그런데 문득 이상한 느낌이 들었다. 찌르는 듯한 살기가 날아와 진자강의 전신에 꽂히고 있었다.

진자강은 고개를 들어 위를 보았다.

날름거리며 타오르는 화마(火魔)와 뭉게뭉게 피어오르는 시커먼 연기들의 틈으로 삐죽이 솟은 높은 나무. 댓 길도 넘는 그 높은 나무 위에 사람이 서 있는 게 보인다.

사홍삼이었다. 사홍삼이 나무 꼭대기에 올라가 있었다!

날명도처럼 그의 몰골도 엉망이었다. 불에 그슬리고 타서 화상까지 입었다. 그러나 사홍삼은 동요하지 않고 매서운 눈빛으로 진자강을 내려다보았다.

진자강은 소름이 끼쳤다.

무공의 고수라는 건 정말로 어느 순간에서도 상상하기 어려운 대응을 하고 있었던 것이다.

사홍삼이 손에 쥔 칼에서 시퍼런 예기가 흘러나왔다. 일전에 대막대도의 칼에서 본 것과 비슷했다. 사람의 목을 단번에 갈라 버리는 예리한 칼날.

"네놈은 아무래도 살려 두지 않는 게 낫겠다."

사홍삼은 낮게 혼잣말처럼 중얼거렸는데 기이하게도 진자강의 귀에 그의 말이 똑똑히 들려왔다.

그러더니 몸이 얼어붙었다.

'모, 몸이 안 움직여?'

사홍삼이 쏘아내는 진득한 살기가 진자강의 몸을 구속하고 있었다. 마치 끈적한 덩어리에 갇힌 느낌이었다.

머리로는 움직여야 한다고 생각하고 있는데 몸은 덩어리에 갇혀 움직이지 않는다.

사홍삼이 높은 나무 꼭대기 위에서 뛰어내릴 자세를 취했다. 칼을 위로 들었다. 그대로 뛰어내리며 진자강을 세로로 베어 버릴 작정인 듯했다.

'이대로는 죽는다!'

전신이 따끔거렸다.

갑자기 코피가 터져 피가 줄줄 흘렀다.

사홍삼의 살기가 진자강의 몸을 침식하고 있었다.

진자강은 무공의 고수 앞에 몸을 드러내는 게 얼마나 위험한 일인지 이제야 깨달았다. 몸을 움직이고 싶은데 움직이지 않는다. 피부가 찢겨 나가는 듯 아파 온다.

다행히도, 진자강의 근처에까지 불길이 붙어 진자강을 태울 듯 다가오고 있었다.

지금 진자강이 할 수 있는 일이라고는 방금의 그것뿐이다.

"죽어라."

무미건조한 말투가 들려오더니, 곧 사홍삼이 나무 위에서 뛰어내렸다.

진자강은 억지로 기운을 내서 독기를 짜냈다.

'으아아아!'

투두두둑!

평소 한두 방울씩 짜내어 쓰던 독액이 새끼손가락 끝에서 방울방울 줄지어 쏟아졌다. 너무 한꺼번에 독기를 끌어올려서 내장이 빨려 나오는 듯한 느낌마저 들었다. 그러나 멈출 수는 없었다.

떨어진 독액들이 불에 닿아 순식간에 기화하며 피어올랐

다. 진자강의 주위로 순식간에 자욱한 독연무(毒煙霧)가 가득해졌다.

불길을 타고 위로 솟아오른 독연이 사흥삼을 휩쌌다. 독연을 흡입한 사흥삼의 얼굴이 일그러졌다.

하지만 피하지 않는다.

이대로 내려치면 진자강을 죽일 수 있다!

사흥삼은 호흡을 멈췄다.

그러나 호흡은 몰라도 피부에 와 닿는 독연은 사흥삼도 어쩔 수 없었다.

무지막지한 독성을 가진 유황의 독연 때문에 그 짧은 순간에 사흥삼의 피부에, 눈에 수포가 생겼다.

각막이 손상되어 진자강의 모습이 두셋으로 일그러지고 흔들려 보였다.

'이런!'

그 순간 진자강을 향해 있던 살기가 목표를 잃고 흩어져 버렸다.

진자강은 자기를 감싼 덩어리가 약해진 걸 깨달았다. 어디서 배운 것도 아닌데 진자강은 힘껏 마른침을 삼켰다.

꿀꺽.

침이 넘어가며 구멍이 난 목구멍에서 피가 울컥 새어 나왔다. 거짓말처럼 굳은 몸이 풀렸다.

이제껏 수많은 사선을 넘으면서 겪은 죽음의 경험 덕에 진자강은 마지막 순간까지 집중력을 놓치지 않았다.

마냥 멍청하게 있었다면 진자강은 몸이 반으로 갈릴 때까지도 움직이지 못했을 터였다.

'난 살아남을 거야!'

진자강은 있는 힘을 다해 옆으로 몸을 굴렸다.

사홍삼이 떨어지며 칼을 휘둘렀다.

쾅!

흙더미와 불, 재가 사방으로 비산했다.

진자강의 발밑에 부러진 칼이 박혀 있었고, 바닥에 처박힌 사홍삼은 널브러진 채 사지가 이상한 방향으로 뒤틀려 있었다. 부러진 다리뼈가 살을 뚫고 튀어나와 있기도 했다.

뛰어내리던 중에 중독되어 몸이 굳은 탓에 제대로 착지하지 못한 것이다.

"헉헉, 헉!"

진자강은 서슬 퍼런 칼이 발밑에 박혀 있는 걸 보고 등골이 서늘해졌다. 칼날에는 닿지 않는데도 칼날에서 뿜어나온 예기에 발바닥이 베였다. 날카롭게 베인 발바닥에서 피가 새어 나왔다.

"으으."

진자강은 몸서리를 치며 몸을 일으켰다.

꿈틀, 꿈틀.

사홍삼의 몸이 경련을 일으켰다. 진자강은 사홍삼이 움직이는 줄 알고 놀랐다.

바닥에 처박혀 있던 사홍삼의 얼굴이 버둥대다가 기어코 진자강 쪽을 향했다. 엉망이 되어 진물이 흐르는 얼굴에 혀는 퉁퉁 부어서 밖으로 삐져나와 있다.

끔찍한 얼굴이었다.

심지어 눈의 각막마저도 수포로 덮여 있었다. 수포가 덮인 징그러운 눈동자가 진자강을 찾듯이 좌우로 움직였다.

쉬익, 쉬익.

숨소리가 거칠게 흘러나온다.

진자강은 긴장하며 몸을 뒤로 피했다.

잘 보이지도 않을 텐데 사홍삼의 눈동자가 진자강 쪽을 똑바로 쳐다보았다.

화르르륵.

이내 사홍삼의 몸에 불이 붙었다. 말을 하지 못하니 온몸을 꿈틀대 보지만 불길을 피할 방법이 없었다.

고통스러움에 펄떡대며 사홍삼은 불길에 휩싸여 갔다.

불이 타오를수록 사홍삼의 움직임이 극렬해졌다가 점차 잦아져 갔다.

살 타는 냄새가 지독하게 코를 찔렀다. 잔혹한 광경이었으나 진자강은 그 모습을 외면하지 않았다.

심호흡을 하며 마음을 다잡았다. 쩍 벌려져 피를 뿜고 있는 발바닥의 상처가 진자강에게 경각심을 일깨웠다.

이렇게까지 하지 않았다면 죽은 건 사홍삼이 아니라 진자강이 되어 있을 것이다. 발바닥이 아니라 몸이 갈라져서.

화그르르.

진자강은 불타오르는 숲을 한참이나 지켜보았다.

살아남은 자가 있는지 확인하기 위해서다.

불길 때문에 가까이 갈 수도 없고 잘 보이지도 않아 끝까지 확인할 수는 없었지만, 두 고수가 이렇게 죽었으니 나머지도 살아남기는 어려울 것이리라.

진자강은 한동안 더 화염을 지켜보고 있다가 생존자가 없음을 확인하고는 자리를 벗어났다.

*　　　*　　　*

발에서 피를 줄줄 흘리면서 언제까지 다닐 수도 없는 노릇이다.

진자강은 일단 근처에서 쓸 만한 약초를 찾아보았다. 동글동글한 잎사귀가 달린 선학초(仙鶴草)가 보였다.

선학초는 지혈에 좋은 풀이다.

"다행이다······."

선학초를 입에 넣고 씹어서 으깬 잎을 발바닥에 붙였다.

옷을 찢어 상처를 친친 감고 나서야 진자강은 한숨 놓을 수 있었다.

"후."

이로써 또 한고비를 넘겼다.

수많은 사람들이 죽고, 진자강을 돌봐주던 용명도 비명에 갔지만 그래도 진자강은 다시 살아남았다.

진자강은 기분이 묘했다.

그러나 그것이 무슨 기분이든 간에 상념에 빠져 있을 수만은 없었다.

우선 몸 상태를 점검했다. 아까 날명도에게 안면을 잡혔을 때 코가 좀 눌린 것과 목에 스스로 구멍을 낸 것, 여기저기 불에 그슬려 쓰라리고 물집이 잡힌 것, 그리고 발바닥이 베인 것 말고는 크게 다친 데가 없었다.

중독되어서 부었던 목이나 상한 피부는 벌써 다 가라앉았다. 어떻게 된 몸인지 스스로 신기할 정도다.

대충 몸을 수습하고 나자 진자강은 앞으로의 일을 고민하기 시작했다.

'이대로 달아나야 할까?'

추격대를 제거하긴 했으나 이것이 끝인지는 알 수 없다.

추격대가 몰살당한 걸 알게 되면 또 제 이, 제 삼의 추격대가 진자강을 쫓아올지도 모른다. 가뜩이나 발바닥을 베인 터라 달아난다고 해도 그리 멀리 가지는 못할 것이다.

'하지만 달아나지 않는다면……'

달아날 게 아니라면 할 수 있는 게 뭐가 있을까?

지독문을 없애 버리는 것?

'푸우.'

진자강은 스스로 그런 생각을 한 자신이 한심해서 입술을 내밀었다.

말도 안 되는 얘기다. 무림 문파인 지독문을 무슨 수로 자기가 없앨 수 있단 말인가.

추격대와 싸운 지금과는 비교도 할 수 없는 싸움이 될 터였다. 지독문에는 지금 마주친 이들보다도 더 많은 무사들과 고수들이 즐비하니까 말이다.

그러나…… 진자강은 스스로도 말이 안 된다고 여기면서 왠지 그 방법이 나쁘지 않다는 생각도 함께 드는 것이다.

백화절곡의 동굴에서 썩어 가는 손위학의 시체 아래에 숨어 한 달을 보냈을 때, 진자강은 두렵기 짝이 없었다. 언제 지독문의 무사들이 찾아와 자신을 찾아낼지 겁이 나 잠도 자지 못하고 초조해 했다.

지금도 마찬가지다. 언제 지독문의 추격대가 쫓아올지,

언제 들킬지 몰라 내내 두근거리면서 마음을 졸이며 살 수만은 없었다.

게다가 지금 수많은 무사들을 죽였다. 그만큼 지독문의 무사 숫자는 줄어 있을 터였다.

심지어 지독문은 지금 진자강이 살아 있는지 죽었는지, 추격대가 어찌 되었는지도 전혀 모르는 상태. 앞으로 지금보다 더 좋은 기회를 찾기는 어려울 수도 있다.

지독문을 직접 친다면 지독문이 인원을 대거 상실한 지금이 최고의 적기이다.

'방금도 내가 함정을 파고 선수를 쳐서 살아난 거야. 마냥 도망만 다녔다면 난 벌써 죽었어.'

진자강은 주먹을 꾹 쥐었다. 새끼손가락의 찢어진 소택혈에서 피와 독액이 흘러나와 손바닥에 맺힌다.

'내겐 이 독이 있어. 어떤 고수라도 죽일 수 있는 이 독이.'

진자강은 문득 아직도 타오르고 있는 산불을 바라보았다.

활활 타는 불꽃을 보니 할 수 있을 것 같다는 생각이 든다.

'복수…… 복수!'

진자강은 이를 악물었다.

결국 말도 안 되는 결심을 해 버렸다.

지독문으로 돌아가기로 말이다!

第四章

ㄷㅁ

　진자강의 갈라진 발바닥은 이틀 만에야 피가 멈추고 딱지가 앉았다.

　진자강의 피부 재생력이 일반인보다 몇 배나 높다는 걸 감안했을 때, 치유가 꽤 늦게 된 편이었다. 원래 무공 고수가 사용하는 검기에 당하면 상처가 잘 아물지 않는 것이다.

　검기의 무서움을 온몸으로 깨달은 중요한 경험이었다.

　진자강은 무공 고수들을 상대할 때 함부로 몸을 드러내면 위험하다는 걸 깨달았다. 특히나 살기에 노출되었을 때에는 정말 그대로 죽는 줄 알았던 것이다.

　어쨌든 마냥 쉴 수는 없었으므로, 진자강은 열매를 주워 먹거나 길에서 잠을 자며 계속 걸어 지독문으로 되돌아왔다.

하필이면 멀쩡한 다리의 발바닥을 다쳤기 때문에 지독문까지 돌아오는 데에는 생각보다 시간이 많이 걸렸다.

결국 지독문에 돌아온 건 탈출한 지 사흘 만이었다.

힘들게 탈출했는데 다시 돌아오다니…….

누군가 그런 진자강을 보았다면 분명히 미쳤다고 말할 것임에 분명하다.

그러나 진자강은 일단 돌아간다고 결심한 순간부터 내내 지독문을 몰살시키고 복수할 방법에만 골몰했다.

'생각한 대로만 된다면…….'

진자강이 생각한 방법은 바로 우물에 독을 푸는 것이었다.

고래(古來)로 가장 평범하면서도 확실한 방법. 특히나 지독문은 새벽마다 우물물로 밥을 짓기 때문에 그 효과가 매우 크게 나타날 터였다.

진자강이 생각했을 때 충분히 가능성이 있었다. 우물도 어디에 있는지 알고 있다. 지난번 탈출할 때 우물이 있는 곳이 어디인지도 봐 두었다.

문제는 지독문의 안쪽에 있는 우물까지 어떻게 들어가느냐 하는 점이다. 오는 내내 강구한 게 바로 그 방법이다.

진자강은 걸음을 멈추고 심호흡을 했다.

멀리에 지독문으로 통하는 유일한 입구이자 출구인 첫

관문이 보였다.

흙으로 벽을 쌓고 그 위에 서까래를 얹어 지붕을 만든 작은 성문이었다. 벽의 높이는 진자강 키의 다섯 배는 족히 되어서 몰래 넘어가는 건 생각하기도 어려워 보인다.

걸음을 멈춘 진자강은 근처의 풀숲으로 들어갔다.

아직은 대낮이라 정문이 활짝 열려 있었다.

진자강은 풀숲을 돌아다니며 불에 잘 탈 것 같은 마른 나무껍질 몇 조각을 주워 들었다. 새끼손가락의 소택혈에 독기를 끌어 올리고 이빨로 깨물어 상처를 냈다. 그리고 나무껍질에 독액을 묻혔다.

가시가 달린 덩굴을 찾아 가시에도 독을 묻혔다. 별다른 무기가 없는 진자강에게는 이것이 무기의 역할이었다.

그렇게 두 가지의 준비를 한 진자강은 수풀을 통해 최대한 정문 가까운 데에까지 가서 기다렸다.

무사 둘이 정문을 지키고 있는 중이었다.

가만히 귀를 기울이니 무사들이 나누는 얘기가 들려왔다.

"추격대는 아직도 연락이 없대?"

"하루에 한 번 보고를 하게 되어 있는데 벌써 사흘째 연락이 두절되었다나 봐."

"허어? 설마 추격대에게 무슨 일이 생긴 건 아니겠지?"

"뭐, 내일까지는 기다려 보고 다시 이 차 추격조를 꾸릴 것 같던데?"

진자강은 가슴을 쓸어내렸다. 내일까지는 시간이 있다는
걸 알게 된 것이다.

'어차피 오늘 안에 끝내고 나올 거니까.'

진자강은 다시 무사들의 대화에 귀를 기울였다.

"말은 안 하지만 윗선에서도 많이 불안한가 봐. 그 꼬마
새끼가 전적이 화려하잖아."

"그렇지. 그놈이 죽인 고수가 벌써 몇 명이나 되니까. 난
대막대도까지 독살했다는 게 아직도 안 믿겨."

"그에 비하면 망 장로는 병신이 됐어도 죽진 않았으니
억세게 운이 좋은 거였구만."

"운이 좋긴? 꼬마 새끼를 놓친 뒤부터 뒷방 신세가 돼서
병력 동원권이며 직접 수사권이며 다 뺏기고 그냥 퇴물 취
급인데."

"다 자업자득이지. 욕심을 그리 부려 댔으니."

"우리처럼 그냥 시키면 시키는 대로 하고 사는 게 제일
편해. 죽이라면 죽이고 때리라면 때리고, 뺏으라면 뺏고.
봐, 얼마나 편해?"

"아, 어디 가서 그런 말 하지 말고 체통 좀 지켜. 곧 있으
면 우리도 엄연한 무림총연맹의 일원이야."

"우리 같은 놈들이 무림총연맹이라니. 강호의 도가 땅에

떨어졌어, 강호의 도가."

"킬킬."

진자강은 무사들의 말에 차가운 분노가 치밀었다.

'시키면 시키는 대로 죽이면 된다고?'

그 피해자가 바로 백화절곡이고 약왕문이다.

으드득.

진자강은 이를 갈았다.

'반드시 대가를 치르게 될 거야.'

진자강은 잠시 더 무사들의 말을 듣다가 살금살금 물러나 수풀에서 기다렸다.

＊　　　＊　　　＊

해가 지자, 관문에 여러 개의 횃불이 걸리고 무사들이 교대하기 시작했다.

낮 동안 정문을 지키던 무사들이 새로 온 무사들과 교대를 하기 위해 안으로 들어가며 수다를 떨어 댔다.

"별일 없었지?"

"아무 일도 없었어."

진자강은 그 틈을 놓치지 않았다. 발은 절었지만 최대한 빠르게 정문까지 기어갔다.

정문의 앞에는 커다란 청동화로가 놓여 있다. 밤이 되면 그곳에 불을 붙여 앞을 밝히는 용도로 쓰는 것이다.

진자강은 아직 불을 피우지 않은 청동화로에 나무껍질을 던져 넣고는 다시 수풀로 들어갔다.

겨우 열 걸음도 되지 않는 거리였는데도 긴장으로 온몸이 땀으로 흠뻑 젖었다.

'후우.'

이제는 기다리면 된다.

교대할 무사 두 명이 정문에서 나왔다. 한 명은 나무 장작을 들었고, 다른 한 명은 청동화로에 불을 붙이기 위해 횃불을 들었다.

한 명이 나무를 집어넣고, 다른 한 명의 무사는 횃불로 화로에 불을 붙였다.

화로는 금세 불이 붙어 타올랐다.

화그르르.

"어, 따뜻하다."

"벌써 밤에는 좀 춥단 말야."

무사 둘은 금방 돌아가지 않고 화로에서 잠시 불을 쬈다. 그러다가 뭔가 이상했는지 고개를 두리번거렸다.

"뭐 이상한 냄새 안 나?"

"그러게…… 뭔가 유황 냄새 같은……."

무사가 말을 하다 말고 신음을 삼켰다.

"크읍!"

"……꺽!"

유황의 독연기를 흡입한 두 무사가 연이어 답답한 신음을 터뜨렸다.

진자강이 청동화로에 집어넣은 나무껍질에 불이 붙으며 독이 기화된 것이다.

두 무사는 부지불식간에 코와 입으로 유황독의 연기를 흡입해 기도가 부어올랐다.

"끅!"

숨을 쉬지 못하게 된 두 무사가 영문도 모르고 바닥을 나뒹굴었다.

쿠당탕!

바닥에 엎어진 무사가 인근 수풀에 엎드려 있던 진자강의 모습을 보았다. 무사는 진자강의 모습을 보더니 놀라서 눈을 부릅떴다. 그러나 뭔가를 할 수 있는 상황은 아니었다.

"컥, 끅, 끅."

무사는 핏발이 선 눈으로 한 손으로 자기 목을 붙들고 다른 손을 진자강에게 뻗으며 부들부들 떨었다. 숨을 못 쉬어 얼굴이 새빨개졌다가 점점 거무죽죽해졌다.

옆의 다른 무사도 마찬가지였다. 비틀거리며 몇 걸음을

걷다가 고꾸라져 일어나지 못했다. 얼마 지나지 않아 무사의 몸이 축 늘어졌다.

'됐다!'

진자강은 몸을 일으켜서 열린 문으로 들어가려 했다. 이제 아침 교대 전까지는 정문으로 올 사람이 없었다.

그러나 그건 진자강의 생각이었다. 교대를 하고 돌아가려던 무사 한 명이 웬일인지 다시 돌아와 바깥 광경을 보고 말았다.

"어? 뭐야! 왜들 그래!"

무사는 심상치 않은 사태를 느꼈는지 문 안으로 들어가 종을 치려 했다.

이대로 무사가 안으로 들어가 사람을 부르면 모든 게 틀어지고 만다.

절체절명의 순간.

진자강은 몸을 숨기는 대신 오히려 밖으로 뛰쳐나왔다.

종을 치려던 무사는 풀숲에서 진자강이 튀어나오자 잠깐 멈칫했다.

진자강이 성인이 아니라 어린 소년이기 때문에 안심이 되면서 동시에 의문이 생긴 것이다.

불에 그을린 옷을 입고 몸은 흙먼지투성이인 진자강은 그냥 거지 소년으로 보였지, 누가 봐도 위협적이지 않았다.

그런데 왜 거기에서 튀어나왔지?

무사가 안으로 들어가지 않고 잠깐 갈등하다가 칼을 뽑아 들었다.

"뭐냐, 넌!"

진자강은 대답 없이 뒤로 물러나며 달아나는 척했다.

"으, 으어어!"

어차피 다리를 절고 발바닥도 다쳐 뛸 수도 없었다. 겁을 먹고 뛰는 척하면서 자빠졌다.

진자강은 천천히 바닥을 기었다. 무사가 쫓아오도록.

무사는 아무래도 진자강이 중요한 뭔가를 보았다고 생각한 모양이었다.

무사가 사방을 두리번거렸다. 진자강 외에 다른 사람이 보이지 않자 용기를 내어 진자강에게로 달려왔다.

"거기 서라!"

그러나 불붙은 청동화로를 통과한 순간 무사는 비틀거렸다.

"윽! 으윽!"

쿠당탕!

무사가 칼을 놓치며 앞으로 엎어졌다.

의외로 심하게 중독되지는 않은 모양이었다. 무사는 바로 죽지 않은 대신 얼굴과 목을 마구 긁고 비비며 고통을 호소했다.

"끄으, 끄으."

다행히 목이 부어 제대로 소리를 내지는 못하고 있었다.

독연을 쐰 무사의 얼굴에 수포가 울긋불긋 생겨났다. 하도 비벼서 수포가 까지고 진물이 맺혔다.

"으으으."

얼굴을 비비던 무사가 문득 고개를 들었다. 바닥을 구르고 있는 동료들의 시체가 무사의 눈에 들어왔다. 얼굴에 수포가 가득 덮여 피고름이 흐르는 끔찍한 시체의 모습이!

"으어어억!"

무사가 황망히 몸을 일으켰다가 그 모습을 빤히 쳐다보고 있던 진자강과 눈이 마주쳤다.

무사는 기겁해서 뒤로 자빠졌다.

"꺼윽! 꺼윽!"

무사가 답답한 신음을 토하면서 허겁지겁 땅을 짚고 일어섰다. 후들거리는 다리로 일어서더니 진자강을 다시 쳐다보았다.

그러다가 갑자기 몸을 돌려 진자강이 아니라 문 쪽으로 뛰듯이 걸어가기 시작했다.

'안 돼!'

진자강은 벌떡 일어섰다. 무사가 놓친 칼을 들고 새끼손가락에 독기를 끌어 올려 칼날에 독을 묻혔다.

그러면서 무사를 쫓아갔다.

하나 발바닥은 아프고 다리를 절기까지 하니 아무리 중독이 되었다 한들 어른인 무사를 쫓기가 쉽지 않았다.

진자강이 다리를 끌면서 뛰어오는 걸 본 무사가 겁에 질린 얼굴이 되었다.

"끄윽! 꾹!"

무사는 비틀거리면서도 더 속도를 냈다. 입에 피거품을 물었는데도 아직 죽지 않았다.

진자강은 급해졌다.

'거기 서!'

진자강의 모골이 송연해졌다.

애써 잡은 복수의 기회가 이렇게 덧없이 사라지고 마는가!

천운인지 앞서 가던 무사가 나동그라졌다. 무사는 엎어졌지만 필사적으로 바닥을 기었다.

진자강은 기회를 놓치지 않기 위해 온 힘을 다해 뛰었다.

'조금만, 조금만 더!'

한번만 도움닫기를 하면 달아나는 무사의 등 뒤에 칼을 박을 수 있다!

진자강이 간절히 원하며 발을 박찬 그 순간.

팍!

겨우 아물어 가던 발바닥이 터졌다.

그리고 그때 정수리의 백회혈에서부터 실낱같은 기운이 스며들어와 허리의 대맥을 돌아 오른발까지 내려갔다.

폭발하듯 일어난 출혈로 인해 막힌 기혈이 잠시 열린 찰나 생긴 일이었다.

진자강의 다리에 기운이 샘솟았다. 망료의 실험실을 탈출할 당시에 있었던 그 느낌과 비슷했다.

효과가 길지는 않았다. 딱 한 호흡. 그 순간 동안이었다. 진자강은 그 어떤 때보다도 강하게 땅을 박차고 공중으로 뛰어오를 수 있었다.

'내가 방금 뭘 한 거지?'

진자강은 자기가 한 행동을 자기도 이해하지 못했다.

무공 고수들에 비할 바는 아니었지만, 그건 마치 신법을 사용한 것과 비슷했다.

하지만.

'어!'

자기가 그 정도로 멀리 뛸 거라 생각하지 못한 탓에 진자강은 거리를 못 맞추고 엎어져 있는 무사를 넘어 버렸다. 진자강은 무사의 머리쯤에 떨어졌다.

콰당!

결국 무사와 뒤엉키고 만 진자강이었다.

진자강이 몸을 채 수습하지 못한 사이 무사가 우악스럽게 진자강을 올라탔다. 아무리 독을 가지고 있다 하더라도 몸은 어린아이의 몸. 어른의 순수한 힘에 버틸 수가 없었다.

무사는 눈이 좌우로 벌어져서 섬뜩한 얼굴로 입에서 피거품을 쏟으면서 진자강의 목을 졸랐다.

"끄으아아아!"

"으으윽!"

진자강은 머리에 피가 몰려 눈이 튀어나올 것 같았다. 마구 버둥대며 무사의 팔을 할퀴어도 무사는 꿈쩍도 않았다. 억센 팔로 진자강의 목을 짓누르고 있을 따름이었다.

진자강은 소매에서 독을 묻힌 가시를 꺼내 무사의 팔에 박았다.

그래도 무사의 팔에서는 힘이 빠지지 않았다.

'주, 죽는다!'

진자강은 의식이 아득해지는 걸 느꼈다. 수많은 무공의 고수들을 독살했으면서도 평범한 무사 한 명 당해 내지 못해 죽는 자신의 모습이 너무 억울했다.

'으으……!'

시야가 흐려져 갔다. 몸에 힘이 빠져 팔다리가 늘어지기

시작했다. 그 상태에서 조금만 더 지났으면 진자강은 분명
죽었을 것이다.

그러나 그 순간, 무사의 입에서 피거품이 쏟아져 내렸다.

"왁!"

무사는 진자강의 얼굴에 피를 쏟아 내고는 옆으로 자빠
졌다.

쿵.

"커—헉! 컥컥!"

진자강은 숨을 몰아쉬며 몸을 일으켰다. 무사는 계속 피
거품을 쏟아 내면서 죽어 갔다.

진자강은 피를 닦을 새도 없이 문이 반쯤 열려 있는 관문
으로 기어가 안을 들여다보았다.

안쪽은 다행히 평온했다. 밖의 일을 모르는 듯한 분위기
였다.

그제야 겨우 한숨 돌릴 수 있었다.

"헉헉……."

잠깐 마음을 진정시킨 후 안의 동태를 다시 살폈다. 상황
은 예전에 약왕문의 포로들에 섞여 나올 때 봐 두었던 그대
로다.

안쪽으로 향하는 길의 양옆으로는 흙집들, 경비 무사들
이 상주하는 도좌방(倒座房)이 있었다. 뭔가 문제가 생긴다

면 도좌방 안에서 무사들이 우르르 쏟아져 나올 것이다.

각 도좌방에는 벽마다 횃불이 붙어 있고 무사들은 도좌방의 사이사이마다 한두 명씩 무기를 들고 서 있었다.

이 도좌방만 지나가면 곧 진자강이 원하는 샛길이다. 샛길을 통해서는 우물까지 들키지 않고 갈 수 있다. 우물에 독만 풀면, 그리고 숨어 있으면 일은 거의 끝난 것이나 다름이 없다.

그러나 이곳을 지나는 게 어렵다. 도좌방의 사이마다 서 있는 무사들의 존재가 골칫거리였다. 한 명씩 독살한다 해도 반드시 걸릴 수밖에 없는 구조다.

진자강이 생각했을 때 여기가 가장 난관이었다. 절대로 들키지 않고 조용히 지나갈 수는 없는 곳이다.

그래서 진자강은 정면 돌파를 하기로 마음먹었다.

어차피 우물에 독을 풀 작정이니까 좀 혼란이 나든 난리가 나든 상관없었다.

침입자가 있다고 해서, 전쟁이 난다고 해서 밥을 안 해먹진 않을 것 아닌가. 한두 끼는 굶어도 언젠가는 밥을 해먹겠지.

그러니까 중요한 건 우물에 독을 풀 때까지 진자강이 잡히지 않아야 한다는 점이다. 우물에 독을 푼 후 달아나거나 혹은 지독문에 숨어서 결과가 발생되는 걸 지켜보기만 하면 된다.

진자강은 문 뒤에 숨어서 안쪽을 살폈다.

도좌방마다 놓여 있는 커다란 항아리가 보였다. 물이 차 있는 항아리다.

'있다!'

드므였다.

드므는 수조(水槽)로 화재 시를 대비해 물을 담아 두는 커다란 통이다. 주로 나무로 만든 전각들의 처마 밑에 두는데, 원래는 사찰이나 궁궐 등 주요한 건물에 많이 만들어 놓는다.

한데 지독문에 드므가 있는 이유는 지형적인 특성 때문이다. 지독문이 산 중턱에 자리하고 있어 가까이에 냇가나 하천이 없다. 진자강이 가려고 하는 우물도 멀리에 하나 있을 정도다. 그렇게 울창한 삼림에 싸여 있다 보니 화재를 신경 쓰지 않을 수 없고, 그래서 지독문은 곳곳에 드므를 두었던 것이다.

진자강은 정문 안으로 조심스레 들어가 첫 번째 도좌방의 항아리 뒤에 몸을 숨겼다.

도좌방의 사이에 서 있는 무사들의 말이 들려온다.

"왜 정문을 안 닫는 거야?"

"몰라, 뭔 짓을 하는지."

"가 볼까?"

좀 더 서둘러야 할 것 같았다.

진자강은 독기를 끌어 올렸다. 새끼손가락 끝 소택혈이 부풀어 오르며 독액이 맺혔다.

맺힌 독액을 드므의 물속에 넣고 흔들어 풀었다.

잠시 기회를 엿보던 진자강은 가까이에 있는 무사들이 얘기를 나누며 잠시 긴장을 놓고 있는 사이 벽에 걸린 횃불을 집어 들었다.

그러곤 지붕으로 횃불을 던졌다.

건조한 가을 날씨 덕에 볏짚을 엮어 만든 도좌방의 지붕은 쉽게 불이 붙었다.

화그르르—

불침번을 서던 무사들의 시선이 한순간에 관문의 지붕으로 향했다.

"어?"

무사들이 놀라 소리쳤다.

"불이야!"

"다들 일어나!"

곧 도좌방 안에서 자고 있던 무사들이 속곳만 입고 허겁지겁 뛰쳐나왔다.

"물을 가져와!"

무사들은 통이란 통은 모두 들고 나와서 드므의 물을 퍼서 지붕에 뿌렸다.

진자강이 원하던 대로 일대가 혼란스러워졌다. 진자강은 그사이 옆 도좌방으로 이동했다. 그곳에서도 드므에 독을 풀고 횃불로 지붕에 불을 붙였다.

"이쪽도 불이야!"

"불이 번진다! 빨리들 움직여!"

왜 갑자기 불이 났는지 생각할 겨를도 없이 무사들은 헐레벌떡 물을 퍼서 이리저리 오갔다.

진자강은 혼란을 틈타 몇 군데 드므에 독을 풀고 더 불을 질렀다.

그즈음엔 무사들도 이상하다는 생각을 하게 되었다.

왜 지붕마다 불이 붙지?

불이 번지는 게 아니라 누군가 일부러 불을 낸 것처럼 불이 나고 있지 않은가!

하지만 그 생각이 들었을 때에는 이미 사방이 불길과 연기로 가득해진 후였다.

게다가…….

"망할 놈의 연기, 왜 이렇게 매워?"

"콜록콜록!"

사방에서 기침을 하며 드므에서 물을 퍼부었지만 불길은

잡히지 않았다. 불길이 잠깐 잠잠해지는 듯하다가 확 타오르며 연기를 내뿜는다.

그 와중에 무사들은 하나둘씩 쓰러지고 있었다. 뒤늦게 상황을 알아챈 이들이 놀라서 쓰러진 무사들을 흔들어 댔다.

"이봐! 이봐!"

그러나 그들도 금세 목을 붙들고 버둥거리기 시작했다.

"꺼윽! 끅!"

무사들이 기겁해서 입을 막으며 외쳤다.

"연기가 독해!"

"불을 빨리 꺼야 돼!"

연기가 불 때문이라 생각한 무사들이 드므에서 물을 퍼 나르고, 그 물을 불 위에 뿌렸다.

하지만 그때마다 연기는 더 심해져 갔고 멀쩡했던 무사들마저 연기를 쐬고 쓰러졌다.

뛰어다니는 자, 고함을 지르는 자, 부상자를 구하려다가 연기에 휩싸여 같이 쓰러지는 자…….

장내는 완전히 난장판이었다.

어느새 쓰러진 수가 도좌방 무사들 수의 태반이 넘어갔다. 스무 명에 가까운 인원이 바닥에 누워 고통을 호소했다.

남은 무사들도 멀쩡하진 못했다. 연기가 닿은 피부에는 수포가 생기고 물집이 잡혔다. 기침을 하다가 피를 토하는 무사도 있었다.

그들로서는 상황이 너무 어리둥절해서 이해할 수가 없었다.

불이 났고, 그냥 불을 끄려 했을 뿐이었다. 그런데 갑자기 죄다 쓰러지고 자빠져 죽어 가고 있었던 것이다.

남은 무사들은 두려워서 점점 뒤로 물러났다.

"으으!"

불길은 서서히 줄어가고 있지만 멀쩡한 건 다섯 명이 채 안 되었다.

"이, 이게 도대체……."

무사들은 빨리 보고를 해야 한다는 생각도 못 하고 망연자실 장내를 바라보기만 했다.

불탄 도좌방과 수없이 널브러진 환자들, 죽은 무사들.

그것은 그야말로 잠깐 사이에 벌어진 일들이었다.

그리고 그사이 진자강은 이미 도좌방을 지나치고 있었다.

'됐다.'

진자강은 곧 샛길로 접어들었다. 일종의 뒷길이다. 곽오 같은 자들이 오물을 치우며 다니는 길.

진자강은 마치 자신의 집처럼 익숙하게 뒷길로 접어들었

다.

'이제 더 소란이 나기 전에 우물로 가야 해.'

이 뒷길을 끝까지 올라가면 혼천지에서 내려오는 끄트머리에 우물이 있는 것이다.

터진 발에서 피가 새어 감싼 천이 축축하게 젖었지만 살펴볼 여유도 없이 진자강은 걸음을 재촉했다.

* * *

망료는 등에 뜸을 뜨면서 엎드려 있었다.

무사 한 명이 뜨거운 숯을 둔 화로를 가져다 두고 뜸에 불을 붙여 망료의 등에 얹고 있었다.

최근 불면증에 시달려서 제대로 잠을 이루지 못하는 망료였다. 진자강 때문에 모든 공식적인 행사에서 손을 떼고 칩거하게 되었기 때문에 울분이 심했다.

뜸이라도 뜨고 하지 않으면 가슴속의 울분이 가라앉지를 않았다. 가슴에 돌덩이 같은 게 맺혀서 답답했다.

진자강이 아니었다면 생기지 않았을 병증이다.

"추격대는 뭐하느라고 아직도 놈들을 못 잡아 와? 등신 머저리 같은 놈들."

망료는 혼잣말을 하며 욕설을 내뱉었다. 주변에는 뜸을

뜨는 무사 외에 들어 주는 이가 없었지만, 무사는 겁먹은 표정으로 뜸만 올릴 뿐이다.

한데 그때.

멀리 창밖으로 환한 불과 연기가 보였다.

"음? 저게 뭐지?"

뜸을 뜨던 무사가 대답했다.

"불이 났나 본데요?"

"불?"

망료는 이상한 생각이 들어서 뜸을 뜨다 말고 몸을 일으켰다. 그러곤 지팡이를 짚으며 창문으로 가서 섰다. 아래의 정문에서 불꽃이 치미는 게 보였다.

건조한 날씨 때문에 횃불이나 화로에서 불티가 날려 불이 붙는 건 흔한 일이다.

그러나 망료는 그 불을 보면서 이상하게 가슴이 두근대고 뛰었다.

이루 말할 수 없는 불안감이 들었다.

진자강 때문에 멀어 버린 왼눈이 쿡쿡 쑤셔 왔다. 망료는 손으로 눈을 감쌌다.

기분 탓인지 잘린 왼발 무릎 부근도 칼로 쑤시듯이 아파 왔다.

망료는 바닥을 괜히 지팡이로 찍었다.

딱, 따악, 딱, 딱!

망료는 자기 스스로도 알고 있었다. 자기가 너무 진자강에게 집착하고 있다는 것을.

어떻게 집착하지 않을 수 있겠는가. 자신의 눈과 다리 하나를 앗아간 놈인데!

하지만 이번엔, 적어도 이번만큼은 집착으로 인한 망상이 아니다. 망료의 모든 감각이 지금 저 불에 대해 경고하고 있었다.

추격대에게서 연락이 끊긴 지 삼 일.

계속 번지듯 타오르는 정문에서의 불.

서로 연관이 없어 보이는 듯하면서도 미친 듯이 수상한 냄새가 난다.

망료는 고통스러운 얼굴로 고개를 들었다. 뭔가에 홀린 것처럼 뜸을 털어 내고 장포를 걸쳤다.

그리고 절뚝대면서 급하게 산을 내려갔다. 문파의 일에 간섭하지 말라는 문주의 명령도 잊었다.

망료는 한참을 뛰어 내려가 정문까지 도착했다.

연기가 자욱한 현장에는 벌써 많은 무사들이 나와 있었다. 불은 거의 꺼져 가고 있는 중이었지만 완전히 소화시키려는 자는 한 명도 없었다.

전부 불타는 곳에 접근하지 않고 멀리서만 지켜보고 있

는 중이다.

망료는 불이 난 쪽에 스물이 넘는 시체들이 널브러져 있는 걸 보았다. 저도 모르게 시체를 확인하려 앞으로 가는 것을 무사들이 말렸다.

"안 됩니다!"

망료가 희번덕대는 외눈으로 말린 무사를 쳐다보았다. 망료의 눈빛에는 '네가 감히 내 앞길을 막아?' 하는 듯한 강한 분노가 새겨져 있었다.

무사는 망료의 눈과 마주친 순간 몸이 얼어붙는 것 같았다.

무사가 급하게 변명했다.

"연기가 독해서 가까이 갈 수가 없습니다. 가까이 간 동료들이 죄다 저 꼴로 누워 버렸습니다. 상부에 보고했으니 지금으로써는 불이 알아서 꺼지기를 바랄……."

망료는 잠시 현장을 쳐다보다가 무사를 무시하고 성큼 걸음을 내디뎠다.

불타고 있는 도좌방의 흙집들 근처까지 몇 걸음을 걸어가서 멈췄다. 시체까지 열 걸음 정도의 거리를 두고서였다. 거기서부터는 매우 조심스럽게 앞으로 나아갔다.

무사들이 숨죽여 망료를 지켜보았다.

불을 끄기 위해, 혹은 동료를 구하기 위해 호기롭게 들어

간 몇 명의 무사들도 망료처럼 들어갔다가 전부 쓰러졌었
다. 그래서 이후로는 아무도 들어가지 못하고 지켜만 보고
있는 것이다.

아니나 다를까, 망료가 어느 순간 비틀거리기 시작했다.
망료는 재빨리 뒤로 물러섰다.

"으으……."

"장로님!"

망료가 돌연 뒤로 돌아섰다.

무사들은 망료의 몰골을 보고 소스라치게 기겁했다.

"으허억!"

그 짧은 사이에 망료의 외눈에는 핏발이 서고 코에서는
피가 줄줄 흘렀다. 얼굴에도 동글동글한 수포들이 생겨 있
었다. 내공을 끌어 올려서 대비를 했음에도 그리된 것이다.
조금만 더 연기에 노출되었다면 분명히 망료는 쓰러진 시
체들 중 하나가 되었을 터였다.

그러나 망료는 개의치 않았다. 오히려 미친 듯이 웃기 시
작했다.

"으하하하하!"

지켜보는 무사들의 등골이 오싹해졌다.

망료가 광기 어린 눈으로 소리쳤다.

"놈이다. 놈이야! 놈이 돌아왔어!"

　　　　*　　　　*　　　　*

　뚜걱, 뚜걱!

　망료는 기운차게 목발을 짚고 문주의 응접실로 들어섰
다.

　"문주! 놈이 왔소이다!"

　지독문의 문주 묘리구조 배량춘은 무사에게서 정문의 화
재를 보고받다가 망료를 보고 얼굴이 딱딱하게 굳었다.

　"장로가 여긴 무엇하러 왔소? 얼굴은 또 왜 그래?"

　망료는 배량춘의 반응은 신경 쓰지도 않고 말했다.

　"놈이 왔소이다. 놈이! 놈이 돌아왔단 말이외다!"

　"망 장로, 진정하고."

　망료가 침까지 튀어가며 소리를 높였다.

　"놈이 돌아왔는데 내가 어떻게 진정을 해! 놈이 왔다고,
놈이!"

　배량춘의 앞에 망료가 손을 내밀었다. 망료의 손에는 흙
이 들려 있었는데, 거기에 핏방울들이 배어 있었다.

　"이건 뭐야?"

　"핏자국이오."

　"그러니까, 이게 왜."

"이 핏자국이 안쪽으로 향하고 있었소이다! 놈은 이미 본 문에 들어와 있을 거요!"

배량춘이 손바닥으로 탁자를 내리쳤다.

쾅!

"알았으니까 좀 닥치라고!"

망료는 입을 다물었지만 눈은 활활 불타오르고 있었다.

배량춘이 망료를 노려보며 호통을 쳤다.

"그 핏자국이 도대체 놈의 것이라는 증거가 어디 있다고 이 사달을 피우는 게야! 내 분명 자숙하고 있으라 장로에게 말하였지!"

"놈이 돌아온 거요! 놈이 불을 지른 거요!"

"왜 자꾸 놈에게 집착을 해. 응? 그냥 불이 난 걸 수도 있잖아."

"그냥 불이 났는데 왜 내 얼굴이 이 지경이 되었겠소! 내가 직접 확인하였소이다. 놈이 독을 썼소!"

망료의 얼굴에는 수포가 돋아나고 코와 입에는 핏물이 맺혀 있었던 것이다.

"불탄 데에 유독 물질이 있었나 보지."

"그럴 리가 없소이다."

배량춘은 지끈거리는 머리를 부여잡았다.

"아이고야. 가뜩이나 사홍삼에게서 연락이 없어 답답해

죽겠는데!"

망료가 단정 지어 말했다.

"그들은 이미 죽었을 거요."

배량춘은 어이가 없어 망료를 바라보았다.

"망 장로. 사홍삼이 그동안 처리한 놈들이 몇 놈인 줄 알아? 날명도는? 둘이 합치면 족히 사오십은 돼. 그런데 사홍삼과 날명도가 중독된 놈이랑 꼬마 하나를 못 잡고 죽었다고?"

"그런데 왜 사흘이나 연락이 없겠소?"

"뭐 사연이 있겠지."

배량춘은 망료를 달래듯 말했다.

"그리고 장로가 놈이 독을 쓴다고 해서 무사 스물에다가 농 장로까지 같이 보냈어. 그러면 우리 전력의 반이야. 그런데 꼬마에게 죽었을 거라고?"

"그래도 죽었을 거요."

"말이 안 통하는군! 도대체 그 꼬마 놈이 왜 여길 돌아온단 말야? 말을 해 봐. 놈이 여길 왜 되돌아와. 미쳤어? 응? 여기 뭐가 있다고? 자기네 비급까지 다 챙겨 갔는데."

배량춘도 화가 나서 얼굴이 시뻘게졌다.

"그러니까! 도대체 어떤 미친놈이 대놓고 자기가 돌아왔다고 독을 뿌리고 불을 지르냐고! 제발 머리가 있으면 생각을 좀 해, 생각을! 장로가 놈이라고 한다면, 몰래 들어와도 시원찮을 판에 대놓고 불을 지르겠냔 말야!"

그 말에 망료의 핏발 선 눈이 더 핏빛으로 빛났다.

"흐흐흐."

"웃어?"

"놈은 우릴 모두 죽이러 온 거요. 그래서 들켜도 상관이 없다고 생각하고 불을 지른 거요."

배량춘은 어이가 없어서 말도 못 했다.

"허허, 그러네. 우리 지독문을 몰살시키려고 열 살 꼬마 놈이 다시 여기로 되돌아왔다 이거지?"

"농담이 아니외다!"

"허어어."

배량춘은 두 손 두 발을 다 들었다.

"좋아. 다 좋다 쳐. 놈이 무슨 수로 우리 지독문 전체를 죽여. 그리고 나는? 놈이 무슨 수로⋯⋯."

망료가 배량춘의 말을 끊었다.

"우물."

멈칫.

"놈이 만약에 우물에 독을 푼다면?"

그 말에만큼은 배량춘도 섣불리 반응하지 않았다. 말을 하려다가 말고 인상을 썼다.

배량춘은 원래 의심이 많고 교활한 자다. 여전히 진자강이 불을 질렀다고 생각하지는 않았다. 미친놈이 아니고서야 기껏 달아났다가 다시 돌아올 생각을 하지는 않을 것이다.

도대체 누가 그 말을 믿겠는가 말이다.

그러나 진자강에게는 극독이 있다. 만에 하나, 정말로 만에 하나 지독문에 잠입해서 우물에 독을 푼다면 그 결과는 실로 끔찍할 터였다.

한번 그런 의심이 일자, 쉽게 사라지지 않았다.

"으으음."

"고민할 시간이 없소이다, 문주."

망료의 재촉에 배량춘은 낮은 한숨을 내쉬었다.

"좋아. 이번 한 번만 장로를 믿어 주지. 하지만 만약에 장로가 틀렸다면…… 이번만큼은 용납하기 어려울 거야."

배량춘은 허리에 찬 날카로운 쇠갈고리를 쓰다듬었다.

망료는 물러서지 않았다.

"대가를 치르겠소이다."

"좋아."

배량춘이 일어섰다.

"나도 가지."

배량춘은 장로 한 명에게 화재의 뒤처리를 맡기도록 이

르고는 망료와 함께 우물로 떠났다.

＊　　　＊　　　＊

우물에는 네 명의 무사가 경계를 서고 있었다. 진자강 때문이 아니라 원래부터 우물에 붙여진 인원이다.

지독문에는 독물을 다루는 자들이 많다. 혹시나 독물이 들어갈까 봐 감시를 하고 있는 것이다. 우물에는 두꺼운 뚜껑을 덮어 둬서 혹시나 모를 만약의 사태까지 방비해 두고 있었다.

문주 배량춘과 망료를 본 무사들이 차렷 자세로 인사를 했다.

"별일 없지?"

경계를 서던 무사들이 동시에 대답했다.

"예! 아무 일도 없었습니다!"

배량춘이 그것 보라는 듯 망료를 보았다. 그러나 망료는 주위를 세심하게 둘러보고 나서 말했다.

"놈은 몸이 불편하오. 아직 오지 않은 것 같소이다."

배량춘은 떨떠름한 입맛을 다시며 무사들에게 명령했다.

"한 명만 남고 나머지는 멀리에 잠복하고 있어."

"네?"

무사들은 어리둥절했으나 시키는 대로 한 명만 우물 주위에 남았다. 망료는 직접 무사들을 수풀이나 건물의 뒤쪽에 잠복 배치시켰다. 그리고 마찬가지로 배량춘과 자신도 우물이 보이는 수풀에 몸을 숨겼다.

얼핏 보면 우물을 지키고 있는 건 무사 한 명뿐으로 밖에 보이지 않았다.

'놈은 온다. 반드시!'

망료는 자신의 생각을 믿어 의심치 않았다. 굳이 정문에 불을 지른 것도 지독문 안쪽으로 들어오기 위해 소동을 피운 것으로 생각되었다.

배량춘이 그렇게 큰 소동을 피우고 잠입하는 놈이 어디 있냐고 생각하는 것과 정반대다.

'놈은 무공도 못 쓰고 다리를 절어서 뛰지도 못하지. 정문을 통과하려면 불을 지를 수밖에 없었을 거다.'

이미 백화절곡의 비급까지 다 챙겨 간 놈이 그렇게까지 해서 지독문으로 들어오려 아등바등 애를 쓴 이유가 뭘까?

따져보면 답은 하나밖에 없다.

복수!

'놈은 우리 지독문에 이를 갈고 있어. 사흥삼들을 죽인 이후에 자신감이 생겼겠지. 이쪽 전력에 공백이 생겼다 판단하고 직접 쳐들어올 생각을 한 게야. 그 독종 놈이라면

그러고도 남는다!'

진자강이 어떻게 사홍삼과 날명도, 농노대 그리고 스무 명의 무사들을 처리했는지는 알 수 없다.

그들의 전력이면 어지간한 소규모 문파와 전쟁도 일으킬 수 있다. 심지어 백화절곡과 약왕문을 공격했을 때에도 그와 거의 비슷한 수준의 전력이었던 것이다.

그러나 망료는 진자강이라면 어떻게든 그들을 죽였을 거라고 생각했다.

'자아, 언제 올 게냐?'

망료는 즐겁기까지 했다. 마치 진자강이 된 듯한 기분이 들었다.

'내일부터는 경계가 심해질 테니까, 날짜는 오늘…… 그렇다면 시각은…….'

보통 밤이 가장 깊은 시간은 자정이 지난 축시(丑時)다. 나무와 풀마저 잠이 든다는 시간이다. 더불어 자정의 환한 달빛이 점차 수그러드는 시간이기 때문에 만약 암습을 노린다면 대부분은 이 시간을 택할 것이다.

'하지만 놈이라면 다르다!'

오늘은 일련의 사건으로 지독문의 일원 대부분이 깨어 있는 상태다. 동이 트는 묘시(卯時)가 되면 잠을 못 자 피곤함을 느낄 테고 가장 집중력이 떨어진 상태가 될 터.

'인시 정(寅時 正), 묘시 초(初)다!'

망료는 확신했다. 가장 어두운 때가 아니라 가장 경계가 허술한 때.

진자강은 바로 그때 움직일 것이다.

*   *   *

진자강은 힘겹게 우물에 도착했다. 우물이 보이는 샛길의 나무 뒤에 숨어 잠시 숨을 골랐다. 상처가 난 발바닥도 쑤셨고 내내 긴장한 탓에 몸은 천근만근 무거웠다.

진자강은 한숨 돌린 후 고개를 내밀어 우물 쪽을 확인했다. 다행히도 우물은 달랑 무사 한 명만이 지키고 있었다.

'좋아.'

저 한 명의 무사만 처리하고 우물에 독을 넣으면…….

하지만 섣불리 행동할 수가 없었다.

진자강은 마른침을 삼켰다.

무사가 한 명이라 하더라도 성인 남자라 진자강에게는 커다란 위협이었다. 아까는 중독된 무사에게 목이 졸려 죽을 뻔하기도 하였으니, 지금처럼 몸 상태가 좋지 않은 상황에서 저 무사를 당해 낸다는 보장이 없었다.

'역시 유인을 해서…….'

그런데 그때.

진자강은 경계를 서고 있는 무사에게서 일종의 위화감을 느꼈다.

'응?'

무사는 어딘가 불안해 보였다.

자꾸만 좌우를 살피고 다리를 떨었다. 한자리에 서 있긴 한데 팔다리를 어쩔 줄 모르고 안절부절못하는 모습이다.

주위를 연신 두리번거리기도 했다. 자연스럽게 좌우를 걸어 다닌다거나 기지개를 켠다거나 하는 행동은 전혀 없었다.

진자강은 급격히 불안해졌다.

'뭔가 이상해.'

정문에서 불을 질렀으니까 그 소동이 전해졌다고 하더라도 이상한 일은 아니다.

그런데 그 소동과 우물을 연결시키는 건 별개의 문제다.

저 무사의 행동은 마치 침입자가 반드시 우물로 올 거라는 걸 알고 있는 투의 모양새다.

진자강은 나무 뒤에 붙어 무사를 좀 더 지켜보았다.

가만히 보다 보니 무사는 특정한 한 장소를 자꾸 힐끔거린다. 뭔가를 의식하는 것처럼 보였다.

진자강은 무사가 힐끔거리는 쪽을 유심히 살폈다.

확신할 순 없지만 간혹 바람이 없는데도 수풀이 움직이는 듯한 느낌이 든다.

'누군가 있어!'

진자강의 직감이 경고했다.

'내가 올 걸 알고 있구나. 우물에 독을 타는 계획은 실패야.'

진자강은 한동안 무사를 지켜보다가, 이를 악물고 조용히 뒤로 물러났다.

*   *   *

동이 트고 날이 밝아 왔다.

간밤에 수십 명의 사상자를 낸 화재 사건 때문에 분위기가 뒤숭숭했지만, 그래도 지독문의 하루는 시작되었다.

다수의 무사들이 화재 현장에서 밤새 제독(除毒) 작업을 하고 돌아와 다른 무사들과 교대를 했고, 일꾼들이 일어나 청소와 빨래, 아침 준비에 나섰다.

우물에도 밥을 할 물을 길으러 일꾼들이 물동이를 지고 왔다. 그들이 물을 뜨고 돌아간 후에도 우물에서는 아무 일도 일어나지 않았다.

해가 완연히 떠오른 아침이었다.

배량춘이 제일 먼저 몸을 일으켰다.

"이만하면 됐어. 다들 나와."

다른 무사들도 굳은 몸을 펴며 잠복 장소에서 나왔다. 망료만이 충격에서 벗어나지 못하고 있었다.

'이럴 리가 없는데?'

망료가 보기에 분명히 진자강은 우물을 노리고 있었다.

일부러 방비가 허술한 것처럼 보이려고 네 명이나 되던 무사도 한 명으로 줄였다.

그런데도 진자강은 결국 나타나지 않았다.

'왜?'

설마 잠복한 걸 알아챈 것일까?

아니면 혼천지에서처럼 지독문에 숨어 최소한 한 달은 더 버틸 셈일까?

다른 이들의 경계심이 완전히 무너질 때까지?

뭔가가 이상했다. 중간에 잘못되어 버린 느낌이다.

어쨌든 진자강이 나타나지 않았기 때문에 망료는 배량춘에게 아무 말도 할 수가 없었다.

그사이 무사 한 명이 달려와 배량춘에게 뭔가 보고했다.

배량춘이 무사의 보고를 듣고 망료에게 말했다.

"고 장로의 조사에 따르면, 드므에 떠다 놓은 물에 유황 성분이 많이 섞여 있었던 모양이야. 그걸 불이 났다고 부어 댔으니 연기가 나서 중독들을 일으킨 게지."

망료의 눈썹이 꿈틀거렸다.

'유황? 드므에?'

지독문의 인근에는 유황이 많다. 계곡을 흐르는 물에도 유황이 섞여 있다.

먹을 수 있는 물이 귀해서 우물이 여기 한 곳밖에 없는 이유도 그래서다.

그러니 드므에 떠다 놓은 물에 유황이 섞여 있는 것도 이상한 일은 아니다. 더욱이 유황은 한 가지 성분만 있는 게 아니고 여러 혼합물이 존재하기 때문에 개중에는 강한 독성을 가진 놈도 있을 수 있는 것이다.

하지만 망료는 아까보다도 더 심장이 두근거렸다. 진자강이 한 달을 넘게 보낸 혼천지가 바로 유황 천지인 곳이었으니.

"이제 됐지? 더 이상 이런 일로 서로 귀찮게 하지 말자고. 특히나 그 꼬마 놈은 입에 담는 것도 지겨우니까 말이야."

배량춘의 말에도 오히려 망료는 진자강이 들어와 있음을 확신했다.

"문주. 지금 당장 비상령을 내리고 수색대를 꾸려서 지독문 전체를 수색해야 하오. 놈이 우리가 지키고 있는 걸 알고 숨어 버린 게 틀림없소이다."

배량춘의 얼굴이 일그러졌다.

"그만하라고 했지? 내 이 정도면 많이 봐준 거야."

"지금이 아니면 놈을 놓칠 거요!"

"그만! 언제까지 내 인내심을 시험하려는 셈이야! 그 꼬마꼬마꼬마! 아주 진저리가 난다고!"

배량춘이 망료를 향해 일갈했다.

"지금 이 순간부터 망 장로는 내 명령이 있을 때까지 처소에 연금(軟禁)한다! 만일 명령을 어긴다면 그 즉시 장로직을 박탈하고 구금하겠다!"

망료의 눈이 크게 떠지고 얼굴이 일그러졌다.

"문주!"

망료는 얼굴이 시뻘겋게 달아올랐지만 어쩔 수 없었다.

"후회하게 될 거요."

배량춘이 무사들에게 손짓했다.

"모셔!"

"네!"

망료는 입술을 씹으며 무사들에게 둘러싸여 자신의 처소로 돌아가게 되었다.

배량춘도 못마땅한 표정으로 집무실로 되돌아갔다. 망료의 말도 안 되는 망상에 꼬드김을 당해 밤새 꼼짝도 않고 고생한 걸 생각하면 화가 치밀어 올랐다.

집무실로 돌아간 배량춘이 소리를 질렀다.

"아침 가져와!"

*　　　*　　　*

망료는 자신의 처소에 강제 감금된 신세가 되었다.

지금까지는 배량춘이 그래도 망료가 올렸던 실적 때문에 그나마 체면을 봐줬던데, 이번에 심기를 크게 거슬렀으니 더는 대접을 받기 어렵게 되고 말았다.

이제 지독문에서 망료는 장로 대우도 받지 못하고 거의 끝난 거나 다름이 없는 것이다. 아니, 애초에 지독문은 제대로 된 문파라고 할 수도 없으니 장로 대우라는 것도 우스운 얘기였다.

제대로 된 문파라면 장로가 문주를 견제하고 조언할 수 있는 위치지만 지독문에서 장로는 그저 문주의 명령을 듣는 아랫사람이나 다름없었다.

문제는 그나마 장로라는 지위로 가질 수 있는 특권도 더이상 누릴 수 없게 되었다는 점이다.

하루아침에 지독문의 이인자에서 아무것도 못 하는 골방에 처박히는 신세가 된 것, 그게 전부 진자강 때문이다.

"크아아!"

망료는 처소에 든 아침상을 뒤집어엎어 버렸다.

제아무리 씩씩대도 분이 풀리지 않아서 집 안의 집기들을 때려 부쉈다.

"멍청한 문주 놈! 뭣이 어쩌고 어째? 내가 피땀을 흘려서 지독문을 이만큼 키워 놨더니 이제 와서 나를 무시해?"

쾅! 콰직!

한참이나 방 안의 집기들을 부수고야 겨우 기분이 가라앉았다.

망료는 길게 심호흡을 하고 반쯤 부서진 의자에 걸터앉았다.

"후우우."

지금 이 순간에도 진자강이 밖 어딘가에 있다는 생각을 하면 당장이라도 뛰쳐나가고 싶었다. 그러나 그랬다가는 정말로 감옥에 갇히게 된다.

"으으."

망료는 이를 갈다가 바닥에 엎어져 있는 밥상을 보았다. 잡곡밥에 간단한 채소 찬 몇 가지로 된 밥상이었다.

홧김에 상을 엎었지만 밤새 밖에 있었더니 배가 고픈 건 사실이다.

"여봐라!"

망료의 처소 밖에 서 있던 무사 중 한 명이 망료의 호출을 들고 들어왔다.

"여기 치우고, 아침도 다시 가져와."

밖의 무사들은 망료의 수발을 드는 동시에 감시하는 역할이었지만 망료의 지랄 맞은 성격이 고까워 표정이 좋지 않았다.

"예예."

무사가 건성으로 대답하며 밖으로 나가려 했다.

그때, 망료는 이상한 냄새를 감지했다.

방 안에 풍기는 아주 미약한 냄새였다. 그 냄새는 바닥에 엎어진 밥상에서 풍겨 오고 있었다.

뭔가 약하게 찌르는 듯한 냄새다.

망료는 머리카락이 다 쭈뼛 섰다.

"이봐!"

망료가 막 나가려던 무사를 불러 세웠다.

그러곤 손짓해서 가까이 오게 한 후, 바닥을 가리켰다.

"배고프지 않나?"

무사의 얼굴에 짜증이 배었다.

"네?"

망료는 무사를 보며 웃었다. 나름대로는 부드럽게 웃는다고 웃는 것이었지만 무사에게는 섬뜩하게 보이는 웃음이었다.

망료가 최대한 사근하게 말했다.

"아침 안 먹었지? 자자, 사양하지 말고 먹어."

망료는 친히 엎어진 밥그릇에 손으로 밥을 담아 젓가락과 함께 무사에게 건네주었다.

"아니. 저기 장로님."

무사는 '내가 거지냐?'라는 말이 목까지 나왔지만 차마 그 말까지는 할 수 없었다. 아무리 끈이 떨어진 신세라도 자기 목 하나 비틀어 버릴 무공은 가진 망료인 것이다.

"먹으래도?"

망료는 여전히 웃으면서 무사의 옷깃을 당겼다. 그러다가 갑자기 무사의 뒷 머리카락을 움켜쥐고 억지로 고개를 들게 했다. 그러곤 그 벌려진 입에 밥을 처넣었다.

"컥컥!"

망료가 무사의 머리카락을 쥔 채 웃으면서 말했다.

"잘 씹어서 삼키라고. 다 먹을 때까지는 놔주지 않을 테니까 말이야."

무사는 어쩔 수 없이 꾸역꾸역 밥을 씹었다.

"그렇지, 그렇지. 아주 자알 먹는다."

망료는 매우 흐뭇해했다. 무사가 밥을 다 삼키자 잡은 머리카락을 놔주었다.

무사가 불쾌한 표정으로 물러나서 말했다.

"아무리 장로님이시라도 이건 너무하시는 거 아닙니까!"

망료의 얼굴에서 웃음기가 사라졌다.

무사는 겁이 나서 입을 다물었다.

"그, 그럼 시키신 대로 새로 아침상을……."

무사가 뒷걸음질을 하며 처소를 나가려는 찰나.

갑자기 비틀거렸다.

"어?"

무사는 쿵, 무릎을 꿇고 몸을 뒤흔들어 댔다.

"어어어?"

헛구역질을 해 댔다.

"우욱, 욱!"

그 모습을 망료는 가만히 지켜볼 뿐이었다. 무사가 고개를 돌리고 망료를 향해 손을 뻗었다.

"자, 장로님!"

무사의 눈은 염증에라도 걸린 것처럼 벌건 핏줄이 서 있었다. 몸을 틱틱거리고 움직이며 가쁘게 숨을 내쉬었다.

쿠당.

앞으로 엎어진 무사가 몸을 떨었다.

무사는 식은땀을 흘리면서 가슴을 쥐어뜯었다.

"자, 장로…… 님…… 으으윽!"

무사의 얼굴색이 서서히 꺼메지고 반대로 입술은 창백해

져 갔다.

망료는 그제야 일어나서 무사의 눈꺼풀을 뒤집어 보고 손톱과 발톱을 확인했다.

그러고는 더 이상 좋아할 수 없을 정도로 환하게, 소리 없이 웃었다.

망료는 희열에 들떴다.

예상했던 대로 무사는 비상의 급성 중독으로 죽어 가고 있었다!

비상은 여러 재료로 만드는데 특히 유황의 광물에서 많이 채취한다. 드므에서 유황 냄새가 난다고 했을 때부터 뻔히 예상할 수 있는 일이었다.

"내가 놈이 왔다고 했지! 내 말을 믿지 않으면 후회할 거라니까!"

진자강이란 놈, 정말 어떻게 생겨 먹은 놈이기에 이렇게까지 할 수 있는지 믿을 수가 없을 정도다.

대체 어떤 생각을 하는 머리를 가졌기에 열 살 나이에 복수를 하겠다고 무장한 무사들이 잔뜩 있는 곳을 쳐들어올 수 있단 말인가!

그리고 그 계획을 성공하기까지 하고!

"미친놈이야. 미친놈."

그래서 망료는 즐거웠다.

자기의 몸을 망친 놈이 평범한 놈이었다면 더욱 자괴감이 들었을지도 모른다.

하지만 놈은 평범한 놈이 아니라 미친놈이다. 미친놈에게 당했으니 조금은 덜 억울하달까.

"반드시 내 손으로 네놈을 잡고 싶구나. 네놈을 잡아서 뼈째 갈아 버릴 때 네 공포에 질린 눈을 보고 싶구나! 다시 한 번 내게 살려 달라고 비는 모습을 보고 싶구나!"

망료는 문 앞에 가서 섰다.

이 문을 나서면 문주 배량춘의 명령을 어기는 것이 된다.

장로직을 박탈당하고 감옥에 구금될 것이다.

그러나 망료는 개의치 않고 손을 들었다.

쾅!

일장을 후려쳐서 자신의 앞을 가로막고 있던 문짝을 날려 버렸다.

그러고는 성큼 밖으로 걸음을 나섰다.

햇살마저 미친 듯 눈부시게 쏟아져 내렸다.

망료는 흰 이를 드러내며 웃었다.

"자아, 어디 네 실력을 구경해 보자꾸나."

*　　　*　　　*

즐거운 표정의 망료와 달리 바깥은 아수라장이 되어 있었다.

"으으……."

"사, 살려……."

비가 갠 뒤의 바닥에 지렁이들이 기어 나와 꿈틀거리는 것처럼 지독문의 무사들이 사방을 기어 다니고 있었다. 이미 죽은 시체들도 보인다.

"우에엑! 우엑!"

심하게 중독되지 않은 무사들은 사방에 구토를 했다.

몇 되지 않는 멀쩡한 무사들은 어쩔 줄 몰라 허둥대고 있을 따름이었다.

멀쩡한 무사가 피를 토하고 있는 동료를 돌보다가 망료를 보고 외쳤다.

"장로님! 도와 주십쇼! 이 친구들이 갑자기……."

망료가 걸음을 멈추고 서서 그 무사를 싸늘히 내려다보았다.

"왜 안 죽었지?"

"……네?"

"자네, 밥은 먹었나?"

"아, 아직 안 먹었습니다만……."

"흥, 그랬군."

망료는 신경도 쓰지 않고 지나가 버렸다.

주변을 돌아다니며 중독되지 않은 무사들에게 확인을 한 결과, 망료는 한 가지 결론을 내렸다.

밥을 먹은 자는 하나도 빠짐없이 중독되었다는 것이다.

이런 경우 밥 짓는 우물물에 독을 탔을 확률이 가장 높다. 하지만 우물은 밤새 지키고 있었으니 우물에 독을 타기는 어려웠을 것이다.

망료는 그 길로 밥 짓는 주방으로 갔다. 주방에도 살아남은 이는 소수고 대부분이 바닥에 쓰러져 있었다.

"장로님!"

"밥 먹었나?"

"네? 저는 아직……."

망료는 주방 옆쪽에 놓여 있는 쌀독으로 갔다. 커다란 쌀독 여러 개가 놓여 있어 일일이 뚜껑을 열고 냄새를 맡아 보았다.

"쌀독은 아니군."

일단 진자강이 들기에 뚜껑도 무겁고, 쌀독이 여러 개라 전부에 몰래 독을 타기에도 애매했을 것이다.

커다란 물 항아리에도 가 보았다.

우물물을 퍼 와서 담아 놓는 물 항아리다. 물 항아리는 쌀독보다 더 커서 발판을 짚고 올라가야 안을 볼 수 있는

데, 거기에도 굉장히 무거운 뚜껑이 덮여 있다.

주방은 불을 지켜야 하기 때문에 밤에도 사람이 지키고 있어서 물 항아리에 독을 타기도 쉽지 않았을 터였다.

"흠. 그렇다면……."

망료가 살아남은 주방의 일꾼에게 물었다.

"이 항아리의 물로 밥을 지었나?"

일꾼이 황망한 일에 울면서 대답했다.

"아뇨! 밥 짓는 물은 매일 아침 새로 퍼오는 물을 씁니다요."

그 말에 망료는 주방을 돌아보았다.

다른 건 모르겠는데 유독 주방의 건물 밖 노상에 아무렇게나 놓여 있는 물지게가 눈에 걸렸다.

"저건가?"

물지게에 달린 물동이.

우물을 지킬지언정, 물 항아리를 단속할지언정 아무도 물동이를 지키지는 않는다.

굳이 우물까지 가서 독을 풀 필요도 없다. 물동이에 독을 묻혀 놓으면 물을 담는 순간 그대로 독수(毒水)가 되었을 테니.

하지만 망료는 물동이를 확인해보다가 고개를 갸웃했다.

"아닌데."

지독문에서는 밥을 그냥 짓지 않는다.

워낙 인근에 유황이며 독물이 많이 자라니까 밥을 지을 때 쌀에다 수수[唐米]를 섞는다. 수수가 혹시나 쌀에 배었을지 모를 독성을 빼준다.

하여 독성이 우러나와 있을지 모르는 밥물을 그대로 쓰지 않는다. 보통 일반 가정에서는 밥이 한 번 끓으면 물을 따라 버리고 다시 물을 넣어 두 번 밥을 짓는 중증반(重蒸飯)을 하는데, 지독문에서는 그 물도 버리고 마지막에 찻물을 넣어 세 번 밥을 짓는다.

그러니까 물동이에다 독을 묻혀놨대도 그 과정에서 독이 많이 희석되거나 씻겨나갔을 가능성이 높은 것이다.

"하지만 밥을 먹고 중독이 된 건 사실이 아닌가."

분명히 밥에 독이 든 건 맞다.

하지만 도대체 어떻게 그 과정을 전부 넘겼을까?

하다못해 밥이 쪄지는 동안 증기에 독이 섞여 밥 짓는 자들이 중독되어 쓰러지기라도 했을 것이다.

"하면 밥을 짓기 전에 하독이 된 게 아니라……."

밥을 다 지은 다음에 독이 뿌려졌다.

망료는 다시 꼼꼼하게 주방을 살폈다.

곧 망료의 눈에 뜨인 것은 다름 아닌 주걱.

주방에서 쓰는 두 종류의 주걱이 있었다. 밥이 다 되면

솥의 밥을 섞는 한 자 길이의 커다란 주걱이 있고, 그 옆에는 그릇에 밥을 푸기 위한 한 뼘 길이의 작은 밥주걱이 있다.

한데 큰 주걱은 벽에 걸려 있는데 작은 밥주걱은 물이 든 그릇에 반쯤 담겨 있었다.

"이건 왜 물에 담갔지?"

일꾼이 울상을 지으며 대답했다.

"밥주걱에 물기가 있어야 밥알이 달라붙지 않고 깨끗하게 퍼집니다. 지저분하게 밥그릇에 담으면 싫어하는 분들이 계셔서……."

그런 사소한 주방의 일까지 망료가 어찌 알겠는가.

망료는 가만히 밥주걱을 바라보다가 밥주걱을 집어 그릇의 물을 휘휘 저었다.

"이리 와 봐."

"예."

일꾼이 다가오자 망료가 밥주걱을 내밀며 말했다.

"핥아 봐."

"예?"

"어서."

일꾼은 황망한 와중에 어리둥절하면서도 시키는 대로 하지 않을 수가 없었다. 밥주걱을 받아 혀로 핥았다.

"……."

그 정도로는 아무 일도 일어나지 않는 듯 보였다.

"기다리기가 힘들군."

망료는 일꾼의 머리를 붙들었다. 그러곤 밥주걱이 들어 있던 그릇을 들어 일꾼의 입에 퍼부었다.

"컥컥, 꿀꺽꿀꺽. 켁켁."

일꾼은 억지로 물을 마시곤 사레가 들려 기침을 해 댔다. 그런데 금세 기침에 피가 섞였다.

"어?"

일꾼이 놀란 눈으로 망료를 쳐다보았다.

"끅!"

일꾼의 얼굴이 일그러지며 입에 거품이 배어나왔다.

"자, 장로…… 님!"

일꾼은 목을 붙들고 끅끅댔다. 하지만 망료는 귀찮은 투로 일꾼을 발로 차서 치워 버렸다. 주방 구석에 나동그라진 일꾼이 피를 뿜어내며 경련하기 시작했다.

"허어!"

망료의 입에서 즐거운 듯한 탄성이 나왔다.

누가 밥주걱 따위를 신경 쓰겠는가.

누가 밥주걱이 담긴 그릇의 물 따위를 신경 썼겠는가.

하물며 평범한 일꾼들이 말이다. 아마 저들은 늘 하던 대

로 그냥 밥을 푸고 밥주걱을 넣어 두고, 또 밥을 푸고 했을
터이다.

"꼬마 놈에게 제대로 한 방 먹었군."

복어 한 마리의 독으로 성인 서른세 명을 죽일 수 있다.
진자강이 가진 독 정도면 지독문의 이백 무사를 모조리 죽
일 수 있는 양은 충분히 되고도 남을 양이었다.

*　　*　　*

망료가 다시 배량춘의 집무실에 방문했을 때 막 배량춘
의 집무실로 들어가려던 무사와 마주쳤다.

"무슨 일이냐?"

"문주님께 보고를 하러 왔습니다! 누군가 문 내에 독을
풀어서 대다수가 중독됐습니다!"

"얼마나?"

"확실히 파악할 수도 없습니다. 엄청 많습니다, 거의 다
입니다!"

무사는 경악에 질려 있었다. 거의 다, 라는 것은 지독문
이 망했다는 거나 다름이 없는 말이었다.

망료는 고개를 끄덕이더니 손을 내저었다.

"알았으니 가 봐."

"예? 하지만 직접 만나 뵙고 보고를 해야⋯⋯."

"문주께는 내가 뵙고 말씀드리지. 가 봐."

"네, 네⋯⋯!"

망료는 집무신의 문을 열고 들어갔다.

배량춘은 새까맣게 죽은 얼굴로 의자에 앉아 있었다. 입에 거품을 물고 헉헉 대면서 망료를 쳐다보았다.

밥그릇들이 바닥에 엎어져 있는 것으로 보아 그 역시 밥을 먹고 중독이 된 모양이다. 해독약을 마구잡이로 먹은 듯 구겨진 기름종이와 작은 호리병들도 굴러다니고 있었다.

배량춘도 내공이 제법 되는 고수다. 자잘한 독은 내공으로 밀어낼 수도 있다.

다만 진자강의 독은 그의 내공으로도 감당하기 힘들 정도의 극독이었던 것이다.

"흐으, 흐으. 장로는 중독되지 않았군⋯⋯."

망료는 배량춘을 빤히 쳐다보았다.

"문주가 내 말을 무시하는 바람에 지독문은 이제 망했소이다."

망했다는 말이 너무나 자연스럽게 나왔다.

배량춘은 이를 악물었다.

"그래⋯⋯ 내가 어리석었어. 그놈이⋯⋯ 그놈이 정말로 본 문에 쳐들어온 건가?"

"확신하고 있소."

배량춘이 떨리는 손을 내밀었다.

"장로는 놈에 대해 잘 아니까…… 놈의 독에 대해서도 알고 있겠지? 해독약을…… 해독약은?"

망료는 배량춘을 보며 음산한 웃음을 흘렸다.

"으흐흐흐. 내가 말할 땐 나를 무시하더니 이제 와서 내게 해독약을 찾는 거요?"

배량춘의 눈썹이 가늘게 떨렸다.

"망 장로…… 이러지 마시게."

"문주는 말이오, 내가 밤낮으로 피땀 흘려 키워 놓은 이 지독문을 단 하룻밤 만에 망쳐 놨어."

"그래…… 그건 내가 잘못했어. 하지만 지금 중요한 건 그게 아니잖은가…… 내가 살아 있으면, 우리가 힘을 합치면 지독문은 언제라도…… 재기할 수 있을 게야."

망료의 눈에서 불꽃이 튀었다.

"내가 만들었다고, 내가! 내가 지독문을 여기까지 끌어왔는데! 그런 나를 무시하고 버리고, 마침내는 지독문까지 망쳐 버린 주제에! 뭐? 재기를 해?"

망료가 소리를 질렀다.

"이게 다 네놈 때문이야!"

"네놈?"

그 순간 배량춘의 눈빛이 번뜩였다.

본래 성격이 음침하고 성정이 약삭빠른 배량춘이다.

배량춘은 망료가 중독되지 않은 건 해독약이 있기 때문이라고 생각했다.

예전부터 자기를 원망한 데다가 광기에까지 물들었으니 어차피 말도 통하지 않는 상태.

그렇다면.

'죽이고 해독약을 찾는다!'

허리춤에 찬 날카로운 쇠갈고리를 번개처럼 뽑았다. 남은 내공을 끌어모아 망료를 향해 던졌다.

쉬리릭!

망료가 급히 몸을 틀었다.

꽝!

망료의 옆으로 쇠갈고리가 날아가 벽에 박혔다. 쇠갈고리에 연결된 쇠사슬이 망료의 옆얼굴 가까이에서 찰랑거렸다.

배량춘이 이를 갈며 망료를 노려보았다.

"해독약을 내놔!"

그때 왜인지 분노에 차 있던 망료의 표정이 서서히 가라앉았다.

그러더니 점차 입꼬리가 올라가며 종내에는 웃기 시작했다.

"껄껄껄. 그냥 해 본 소리요. 설마하니 내가 문주에게 해독약을 주지 않겠소이까."

"무슨 수작이야!"

"그래도 속을 털어놓았더니 속이 시원하구려. 해독약을 드리겠소이다."

"으으음……."

배량춘은 마음에 안 들었지만 해독약을 준다니 참을 수밖에 없었다.

망료가 벽에 박힌 쇠갈고리를 뽑았다. 쇠갈고리 끝은 늘 독을 칠해 놓아서 색이 누르스름하게 변색되어 있었다.

망료는 쇠갈고리를 들고 배량춘에게 공손히 가져갔다.

"자자, 노여워 마시고 이 흉한 물건은 좀 집어넣으십시다. 우리 사이에 좀 섭섭해서 한 말 가지고 이런 걸 던져 대면 쓰겠소이까?"

"끄응…… 미안하네."

배량춘이 멋쩍은 얼굴로 망료에게서 쇠갈고리를 넘겨받을 찰나.

망료는 고스란히 쇠갈고리를 넘겨 주지 않고 쇠갈고리를 획 들었다.

배량춘이 무슨 짓이냐는 의미로 눈살을 찌푸리는데, 망료는 쇠갈고리를 배량춘의 머리에 그대로 내려찍었다.

퍽!

쇠갈고리가 배량춘의 머리에 박혔다.

"크악! 자, 장……."

망료는 무표정하게 계속 쇠갈고리를 내려쳤다.

퍽퍽퍽.

피가 튀고 뼈가 깨지는 소리가 나도 멈추지 않았다.

망료는 바닥이 흥건한 피로 젖을 즈음에야 손을 멈추었
다. 탁자 보로 손을 닦으며 배량춘의 시체에 침을 뱉었다.

그제야 망료의 얼굴에 표정이 드러났다. 살기에 젖은 망
료의 외눈이 번들거렸다. 얼굴은 벌겋다 못해 새빨개져 있
었다.

"네깟 놈이 감히…… 나를 죽이려 들어?"

망료는 방 한편에 있던 촛불을 들어 책장에 던져 버렸다.
불꽃이 서서히 피어올랐다.

불이 어느 정도 번지자 망료는 집무실을 나왔다.

아직도 밖은 난리였다.

대충 봐도 살아남은 건 이, 삼 할 정도밖에 되어 보이지
않았다. 그 시간에 밥을 먹지 않은 숫자뿐이다.

살아남았지만 중독에서 벗어나지는 못한 고수 한 명이
문주의 집무실로 오다가 불이 난 것을 보고 아연해했다.

"망 장로! 무슨 일이오!"

망료는 그를 힐끗 보았다가 고개를 돌려 버리고 그의 갈 길을 갔다.

이제 지독문은 그의 머릿속에서 지워져 버렸다.

어차피 지독문은 망했다.

재기? 택도 없는 소리다.

무사들이야 다시 채워 넣는다 해도 죽은 고수들은 되돌릴 수 없다. 심지어 무림총연맹에 가입을 앞두고 있는 마당에 일어난 혈사다. 그것도 꼬마 하나 때문에.

강호에서 이 정도로 얕보였으면 그것으로 끝이라고 봐야 한다.

그런 망한 문파에 어떤 고수가 들어오려 하겠는가. 심지어 사제관계도 없고 명색만 문파인 지독문에 말이다.

망료는 주변의 신음 소리와 시체들을 무시하고 자신의 처소로 돌아왔다.

찌익!

입고 있던 거추장스러운 장포를 찢듯이 벗어 버렸다. 가죽으로 만든 겉옷을 새로 꺼내 위에 걸쳤다. 뭔가를 매달 수 있게 된 넓은 띠도 허리에 맸다.

각종 독이며 해독약, 암기들을 모조리 챙겨 겉옷의 주머니에 넣고 허리띠에 걸었다.

특히나 진자강의 주독인 비상에 대항할 수 있는 약을 충분히 챙겨 넣었다.

그러곤 탁자 앞에 앉아서 거울을 올려놓고 정성스럽게 머리를 빗었다.

빗은 머리를 상투로 묶어 깔끔하게 틀어 올렸다. 머리띠도 둘러 묶었다.

그 어느 때보다도 진지하고 깔끔한 모습이었다.

마지막으로 탁자 위에 올려놓았던 작은 상자를 열어 새 녹피 장갑을 끼웠다.

망료의 입가에 미소가 번졌다.

때가 됐다.

이제 놈을, 진자강을 사냥할 시간인 것이다.

원한이 깊어질수록 복수의 기쁨도 큰 법.

지금 느끼고 있는 원망과 분노를 모두 진자강에게 퍼부어 줄 것을 생각하니 전율이 다 치밀어 올랐다.

그런데 갑자기 오른발 허벅지에서 이물감이 느껴졌다.

뜨겁다 못해 타는 듯한 기분이 들었다.

망료는 의자에 앉은 채로 탁자 아래를 보았다.

진자강이 탁자 밑에서 뾰족한 쇠꼬챙이를 망료의 다리에 틀어박고 있었다.

망료는 전신의 털이 곤두섰다.

第五章

앙갚음

　　머리카락이 모두 빠지고 몸의 반이 딱지로 덮인 진자강의 외모는 예전과 달랐으나 망료는 한순간에 그것이 진자강이라는 걸 알아볼 수 있었다.

　　망료는 급히 꼬챙이가 박힌 발로 걷어찼다. 진자강이 맞고 나뒹굴며 탁자가 같이 넘어갔다.

　　콰당!

　　망료는 뒤로 기어서 벽을 등졌다.

　　"허억, 허억!"

　　어찌나 놀랐는지 머리칼이 다 삐죽 섰다.

　　그래도 그나마 망료는 다른 사람들처럼 '어떻게 네놈이

여기에!' 따위의 생각으로 당황해서 어리바리하지는 않았다.

'이놈이 설마하니 이곳에서 나를 기다리고 있을 줄이야!'

진자강을 찾아다니려고 마음을 먹은 상태에서 기습을 당했기 때문에 충격이 보통이 아니었다.

사냥하는 입장이 된 것과 사냥당하는 입장은 분명히 다른 것이다.

망료는 급하게 박힌 쇠꼬챙이를 뽑았다. 주방에서 쓰는 부지깽이였다.

'망할 부지깽이 따위로!'

우선 허벅지 주위를 점혈해서 독이 퍼지지 않게 했다.

그러곤 챙겨 둔 해독약을 모두 꺼내서 입에 털어 넣었다. 비상 중독에 효과가 있는 약을 미리 준비해 둔 것이 천만다행이었다.

하나 워낙 진자강의 독이 독하기 때문에 이것이 얼마나 효과가 있을지는 알 수 없는 일이었다.

망료는 진자강이 숨은 탁자를 향해 쇠꼬챙이를 집어 던졌다.

"네 이놈! 얼굴을 보여라!"

팍!

진자강이 숨어 있던 탁자에 쇠꼬챙이가 박혔다.

진자강은 탁자 뒤에서 몸을 일으켰다.

얻어맞은 가슴이 욱씬거리는지 손으로 매만지고 있었다.

망료는 진자강을 노려보았다. 진자강도 지지 않고 망료를 노려보았다.

밖에서 간간이 들려오던 신음도 이제는 거의 들려오지 않았다.

다만 망료가 문주의 집무실에 불을 지르면서 불이 점차 번지고 있어 '불이야!' 외치는 소리만이 들려왔다.

그런 가운데 원수이던 둘이 서로를 마주하고 노려보고 있었던 것이다.

망료는 점혈을 했는데도 부지깽이가 박힌 부분이 부풀어 오르면서 독기가 퍼지자 살기 어린 얼굴로 이를 갈았다.

"역시나 지독한 놈이로구나. 내가 네놈을 좀 괴롭혔기로서니 예까지 찾아왔단 말이냐?"

진자강이 울분에 차서 소리쳤다.

"그게 아냐! 당신이 우리 백화절곡을 멸문시켰잖아!"

진자강에게 있어 지독문이 다 폐허가 되더라도 망료를 죽이지 않으면 복수가 끝난 게 아니었다. 진자강의 입장에서는 당연히 와야 할 곳이었다.

그래서 기회를 틈타 망료의 방에 숨어들었다. 일전에 한

번 왔기에 위치는 기억하고 있었다.

망료가 언제 돌아올지 알 수 없었지만 어차피 기다릴 생각이었다. 기다리는 건 진자강의 최고 장기였다.

운 좋게도 얼마 지나지 않아 망료가 돌아왔고, 진자강은 최후의 최후까지 참다가 망료가 가장 방심한 틈에 허벅지에 부지깽이를 틀어박은 것이다.

물론 그 부지깽이에 할 수 있는 한 최대로 독을 묻혀 놓았음은 당연하다.

망료는 이죽거리며 입을 열었다.

"뭐냐. 겨우 그것 때문이라고?"

"뭐?"

진자강은 충격을 받고 입술을 깨물었다.

"겨우? 겨우라고?"

"본래 강호에서 힘이 없는 놈은 힘 있는 자에게 잡아먹히는 게 당연한 생리다. 그런데 고작 그것 때문에 네놈이 나를 이 지경으로 만들었다고!"

망료는 흥분해서 무릎부터 아래로 사라진 자신의 왼발을 손으로 탁탁 쳤다.

"네놈이 굴복하지 않고 분란을 일으키니까 일이 죄다 이 따위로 어그러져 버렸어! 어째서 조용히 뒈져 버리지 않는 거냐! 힘이 없으면 곽오 놈처럼 숙이고 들어왔어야지!"

안대를 한 왼쪽 눈 주위도 손바닥으로 짝짝 쳤다.

"네놈 때문에! 네놈 때문에 내 모든 것이 날아가 버렸다! 내가 힘들게 일궈 온 모든 것들이!"

흥분한 망료와 달리 진자강은 오히려 침착함을 되찾았다.

진자강은 조용히, 하지만 날 선 어조로 말했다.

"그럼 굴복했어야지."

"뭣…… 이?"

"내가 당신보다 힘이 세니까 당신이 그 지경이 된 거야. 그럼 당신이 굴복했어야지."

망료의 얼굴이 새빨개졌다.

"이 어린놈의 핏덩이 새끼가 뚫린 입이라고 마구 지껄이는구나! 어미아비도 없는 후레자식 같은 놈이 감히 누구에게!"

진자강은 발끈했지만 금세 차가워졌다.

"내 엄마와 할아버지를 죽여서 날 후레자식으로 만든 게 당신이야."

"네 이노……!"

진자강이 망료의 고함을 가로막았다.

"죽는 이유는 알고 죽어. 당신이 내 가족과 친구들, 문파를 망가뜨렸으니까 내가 당신을 죽이는 거야."

"누가 감히 나를 죽여! 그 망할 입을 찢어 버릴 테다!"

망료는 분노해서 쌍장으로 바닥을 쳤다. 몸이 앞으로 튕겨졌다.

다리를 쓸 수 없으니 손만 이용해서 기다시피 진자강에게 다가갔다.

망료가 앞을 막고 있는 거추장스러운 탁자를 손으로 쳤다.

쾅!

손바닥이 탁자의 두꺼운 상판을 뚫고 들어가며 박살이 났다. 진자강은 옆으로 몸을 피했다. 멀쩡한 다리를 찔러 움직임을 제약시킨 진자강의 생각이 주효했다. 그렇지 않았다면 한 다리로도 망료는 진자강을 잡을 수 있었을 것이다.

"이노옴! 죽어어어!"

쾅쾅!

망료가 계속해서 독장을 날렸다. 망료의 절기인 사망독장이다. 진자강의 외조부인 손위학도 저 독장을 맞고 죽었다.

진자강은 독 자체보다도 장력에 탁자가 부서지는 걸 보곤 몸이 오싹했다.

망료는 씩씩대며 기면서 진자강을 쫓아왔다.

좁은 방 안을 돌아다니는 터라 금세 방은 엉망이 되었다. 부서지고 깨지고 망가진 집기들이 사방을 날아다녔다.

망료는 바닥을 기고 있기 때문에 깨지고 부서진 조각들에 몸을 긁히거나 찔렸지만 그런 사소한 것에 신경 쓸 겨를이 없었다. 아니, 너무 분노해서 작은 고통은 느끼지도 못하고 있었다.

하지만 내공을 쓰면 쓸수록 멈춰 놓은 독이 빨리 퍼지게 되기 때문에 망료의 움직임은 점점 느려졌다.

한편 진자강도 쉽지 않기는 마찬가지였다. 다리를 절고 발바닥의 상처가 다시 터져 몸이 굼떴다. 부서진 것들을 피하면서 움직이느라 행동에 제약도 있었다.

망료도 어느 순간 그것을 깨달았다.

'피?'

진자강이 발을 끌며 도망 다니는데 바닥에 피를 줄줄 묻히고 있는 걸 본 것이다.

'맞서지 않고 도망만 다녀?'

흥분해서 미친 듯이 쫓아다니기만 하던 망료는 퍼뜩 정신을 차렸다.

'멍청하긴! 놈이 시간을 끌고 있잖아. 이러다간 내가 먼저 죽는다!'

망료는 그 즉시 움직임을 멈추고 겉옷 주머니에 손을 넣었다. 둥그런 헝겊 주머니를 집어 진자강에게 던졌다.

허공에서 주머니가 날아가며 독분(毒粉)이 뿌려졌다.

"앗!"

진자강은 얼굴을 가렸다. 독분이 뿌옇게 진자강과 주위를 뒤덮었다.

독으로 진자강을 죽일 수 없다는 건 망료도 안다. 그러나 중독이 아예 안 되는 건 아니다. 오히려 남들보다 빨리 중독되어 발작 증상도 빠르게 일어난다.

아니나 다를까. 진자강의 몸이 즉시 반응했다.

"콜록콜록!"

진자강의 눈이 순식간에 퉁퉁 붓고 기침에는 피가 섞였다.

망료는 쌍장으로 바닥을 쳐 몸을 일으키며 암기를 뽑아 던졌다. 암기술이 뛰어나진 않았지만 독을 쓰는 자들이 대개 그러하듯 어느 정도는 다룰 수 있는 암기가 있기 마련이고, 망료도 얇은 칼날처럼 생긴 박표(薄鏢)라는 암기에 조예가 있다.

지금처럼 가까운 거리에서는 거의 놓치지 않는다. 단도보다 작고 얇은 칼날 두 쪽이 진자강의 어깨와 복부에 박혔다.

"악!"

진자강은 신음을 토하면서 고꾸라졌다.

그럼에도 진자강은 즉시 바닥을 굴러서 달아났다. 망료도 기운을 짜내 바닥을 기어 쫓았다.

콱! 콰직!

어찌나 손에 힘이 들어갔는지 나무 바닥에 손이 박혀 바닥이 깨지기까지 했다.

콰직, 콰직.

바닥을 찍으면서 다가오는 망료를 돌아본 진자강이 계속해서 방구석으로 기어갔다.

진자강이 부은 눈을 겨우 떠서 망료를 쳐다보며 바닥에 있는 걸 죄다 집어 던졌다.

망료는 피하지도 않았다. 어차피 대단한 것도 없다. 맞으면서 기어 나아갔다.

퍽, 콰직.

마침내 진자강이 눈앞에 있었다.

그 사실만이 중요했다.

"이노옴—!"

망료는 손을 뻗었다.

그때 진자강이 옆에 있던 작은 화로를 밀쳤다.

망료가 뜸을 자주 뜨기 때문에 가져다 둔 작은 화로였다. 바닥에 회백색의 재와 그 안에서 채 식지 않았던 뜨거운 숯이 쏟아졌다.

숯이 앞을 막자 망료는 잠깐 멈추었다.

손에는 녹피 장갑을 끼고 있어 데지 않는다. 하지만 바닥을 기고 있으니 그대로 저 숯에 가슴이며 배를 델 건 분명했다.

진자강을 보니 두려움에 떨면서 자신을 쳐다보는 듯 보였다.

망료는 진자강을 보며 히죽 웃었다.

그러고는 성큼 팔을 내뻗어 바닥을 짚고 앞으로 몸을 당겼다.

치이이익!

살 타는 냄새가 나고 망료의 앞섶과 배의 가죽옷에 구멍이 났다. 그러나 망료는 멈추지 않았다.

치익, 치이익!

녹피 장갑을 낀 손으로 바닥을 짚고 숯이 있건 말건 계속해서 진자강에게 기어가는 망료였다!

치이이익!

진자강의 눈에 두려움이 깃들었다. 진자강을 잡기 위해서 망료는 자신의 몸이 숯에 데이거나 말거나 계속해서 기어 오고 있는 것이다!

"으ㅎㅎㅎ."

망료는 웃고 있었다. 배를 태우고 있는 뜨거운 고통조차도 기쁨이었다.

치이익!

뜨거운 김과 연기가 계속해서 피어올랐다. 그 연기를 헤치고 진자강에게 다가가는 망료의 모습은 가히 지옥의 악귀와도 같았다.

마침내.

망료는 진자강의 다리를 붙들었다. 진자강이 다른 발로 버둥대면서 망료의 팔과 얼굴을 걷어찼지만 망료는 전혀 고통을 느끼지 못했다.

"잡았…… 다!"

망료는 온몸에서 끓어오르는 희열로 회심의 미소를 지었다.

그 순간 진자강이 버둥대기를 멈추었다.

"……?"

망료는 조금 이상한 기분이 들었다.

진자강은 벌써 부었던 눈이 가라앉고 있었는데 그 부은 눈덩이의 틈새로 보이는 눈빛이 심상치가 않았던 것이다.

"뭐냐, 그 눈빛은."

진자강은 굉장히 평온한, 그러면서도 마치 거의 끝났구나 하는 듯한 눈빛을 하고 있었다.

그건 전혀 망료가 예상한 눈빛이 아니었다. 마침내 모든 일을 마쳤다 싶어 안심하는 듯한 그런 눈빛을, 진자강이 그런 눈빛을 해야 할 이유가 뭐가 있을까.

"뭐냐고 묻잖아! 이 내가! 그 망할 놈의 눈알이 왜 그러느냐고!"

그러나 진자강에게 더 물을 필요가 없었다.

망료의 몸이 답을 냈다.

"칵!"

망료는 답답한 기침을 내뱉었다. 얼굴이 온통 쓰라리고 눈알이 찢어지는 고통이 느껴졌다.

숨이 확 막히고 코와 입천장, 목구멍이 죄다 화끈거렸다.

'도, 독!'

망료는 믿을 수가 없었다.

'도대체 언제!'

치이이익!

바닥에 대고 있는 손바닥과 배에서는 아직도 연기가 올라오고 있었다. 망료는 고개를 아래로 내려 뜨겁게 열기를 피우고 있는 숯을 쳐다보았다.

유황 냄새가 났다.

문주 배량춘이 한 말이 떠올랐다.

　　─고 장로의 조사에 따르면, 드므에 떠다 놓은 물
　　에 유황 성분이 많이 섞여 있었던 모양이야. 그걸 불
　　이 났다고 부어 댔으니 연기가 나서 중독들을 일으
　　킨 게지.

온몸에 소름이 돋았다.

"이, 이 새끼가!"

진자강이 화로에 독을 짜 넣어 자신에게 던진 것이다.

드므에 독을 풀었던 것처럼.

멍청하게 그 위를 기어 왔으니……

얼굴 가죽은 긁어내고 싶을 정도로 간지러우면서 쓰라렸고 눈앞의 시야는 점점 흐려졌다. 목이 부어서 호흡도 곤란해지기 시작했다.

"이…… 새끼가……."

진자강이 차갑게 말을 내뱉었다.

"이제 그만 죽어. 명복 같은 건 안 빌 테니까. 어차피 당신 저승에 가서도 참회 같은 건 안 할 거잖아."

망료는 이를 악물었다. 아직 진자강의 발목은 자신의 손에 잡혀 있다. 망료는 독이 퍼지든 말든 내공을 있는 힘껏 끌어 올렸다.

그러고는 온 힘을 다해 진자강을 냅다 벽으로 집어 던졌다. 진자강이 허공을 날아서 벽에 가 처박혔다.

쾅!

"으아악!"

진자강의 외마디 비명이 들려왔다. 모습은 보이지 않았

어도 뼈 한두 개는 나갔을 게 눈에 선했다.

"흐흐…… 흐…… 건방진 꼬마…… 놈아…… 나를……
무시하지 마라……."

더 이상 목소리는 나오지 않았다. 대신 입에 피거품이 들
어찼다.

망료의 고개가 천천히 떨궈졌다.

진자강은 벽면의 나무판자가 다 부서질 정도로 심하게
처박혀 있었다.

"으으."

으직으직.

몸을 비틀어 몇 번이나 움직이려고 한 끝에 바닥으로 떨
어졌다.

쿵.

"으으……."

진자강은 겨우겨우 일어나 벽에 몸을 기댔다. 사지의 뼈
가 다 박살이 난 듯 아팠다.

하지만 진자강은 엎어져 있는 망료를 눈에 담으려 노력했
다. 꿈틀대던 망료의 움직임이 서서히 잦아드는 게 보였다.

눈물이 차올랐다.

'내가…… 내가 복수했어!'

백화절곡의 대 혈사를 일으킨 장본인 망료는 죽어 가고 있다.

지독문 역시 그 대가를 치르게 했다.

이루 말할 수 없는 고역을 치렀지만 결국은 해냈다. 엄마와 할아버지, 그리고 백화절곡의 식구들에 대한 복수를 해낸 것이다.

그동안 억눌러 쌓아 놨던 감정이 마구 치밀어 올랐다.

한번 쏟아진 눈물은 쉼 없이 흘렀다.

너무 힘들어서 이제는 그만 쉬고 싶다는 생각도 들었다.

'이대로 일어나지 않았으면 좋겠어.'

그러면 죽을 것이 분명하겠지.

하여 진자강은 마냥 앉아 있을 수가 없었다. 여기서 죽는다면 엄마와 할아버지를 볼 낯이 없을 것이었다.

이제는 이곳을 나갈 시간이다.

"으으윽."

진자강은 억지로 몸을 일으켜서 부지깽이를 지팡이 삼아 걷기 시작했다.

방을 나가기 전 망료를 돌아보았다.

망료는 연기에 휩싸여 있었다. 숯을 깔아뭉갠 채라 숯이 계속 타면서 연기를 내뿜고 있었던 것이다.

불꽃도 피어오르는 듯 보였다. 머잖아 이 방도, 망료의 시체도 함께 화염에 재가 되어 버리고 말 터였다.

'지독문은 끝났어.'

진자강이 만신창이가 된 몸을 이끌고 밖으로 나갔다.

지독문은 아수라장이라고 믿기 어려울 만큼 조용했다. 산 사람보다 죽은 사람이 더 많기 때문일 터였다. 어딘가에서 불이 나서 계속 번지고 있지만 불을 끄는 사람도 없었다.

진자강은 매우 느린 속도로 이동했다. 한참을 걸었으나 생존자는 거의 만나지 못했다.

"살려 줘…… 살려 줘…… ."

진자강이 중간쯤을 지날 때, 희미한 목소리가 들려왔다.

미량만 중독된 탓인지 아직 죽지 않고 바닥에 쓰러져 있는 무사가 보였다.

진자강은 그냥 지나치려 하다가 그리로 다가갔다.

"살려 줘…… 컥컥, 물, 물을 줘……."

무사는 고통에 발버둥 치다가 눈을 떴다. 그러더니 갑자기 놀라 외쳤다.

"너, 너는!"

진자강도 무사를, 무사도 진자강을 알아보았다.

일전에 곽오의 수레를 밀고 올 때 중간에 만났던 무사들 중 한 명이었다.

"너였구나……! 네가 우리 지독문을…… 컥컥, 이렇게

만든 범인이 너였어!"

진자강은 말없이 부지깽이를 치켜들었다.

무사는 진자강의 무심한 눈빛과 부지깽이를 보고 몸을 움츠렸다.

"사, 살려 줘. 집에 벼, 병든 노모가 있어…… 아니, 애들이…… 애들이 있어. 아픈 마누라가……."

그래도 진자강이 부지깽이를 내리지 않자 무사가 목소리를 쥐어 짜내 말했다.

"백화절곡! 백화절곡의 생존자들이 있어! 컥컥컥."

"뭐?"

진자강은 부지깽이를 내리고 무사를 윽박질렀다.

"어디 있어! 우리 문파의 생존자들은 어딨냐고!"

"난 몰라. 하지만, 하지만 무림총연맹은 알아."

무림총연맹!

"남화의 어디 광산에 보냈다는 것만 알아…… 컥컥. 그 이상은……."

진자강은 부지깽이를 내렸다.

무사의 눈에 희망의 빛이 깃들었다.

"제, 제발 해독약을 줘. 내게 자비를……."

자비.

자비란 말에 진자강이 잠시 생각하다가 말했다.

"아, 해."

"으…… 응?"

"아, 하라고."

"아, 아……."

무사가 입가에 거품을 묻힌 채 입을 벌렸다.

진자강은 그 입에 새끼손가락을 올렸다. 투명한 액체 한 방울이 맺혀 피와 함께 떨어졌다.

꿀꺽.

무사가 액을 삼키자, 진자강은 미련 없이 등을 돌렸다.

"컥!"

아까보다도 더 깊고 위급해 보이는 신음이었다.

"끄으으윽! 끄아아아!"

온몸을 비틀어 짜내는 듯한 신음 소리가 진자강의 등 뒤에서 울려왔다.

진자강은 더 이상 그 무사를 신경 쓰지 않았다.

진자강에게는 아직 해야 할 일이 남아 있었다.

무림총연맹 운남 지부의 탄원감리 서길풍과 조정관 백리중.

지독문과 결탁하여 백화절곡을 사회적으로 매장시키는 데에 도움을 준 부패한 무인들.

그들을 처치해야 한다.

진자강은 의인(義人)도 협객도 아니었다. 정의를 행할 능력도 없었다.

그러나 지독문과 공범인 동시에 협력한 종범(從犯)인 그들을 그냥 내버려 둘 수는 없었다.

그리고 백화절곡의 살아남은 소수 생존자들을 찾아내야 했다.

살아야 할 이유가 한 가지 더 늘었다.

"후……."

진자강은 무거운 한숨을 토해 냈다.

배를 만져보았다.

단전에 자리 잡고 있던 독 덩어리는 이제 눈에 띄게 작아져 있었다.

남은 독으로 그들까지도 죽일 수 있을까?

해 보기 전에는…… 여전히 알 수 없는 일이었다.

온몸의 뼈가 부서진 듯한 고통과 갈라져서 피를 흘리는 발바닥의 통증과 제구실을 못 하고 절뚝거리는 발을 끌고…… 진자강은 시체들의 사이를 걸어 지독문을 벗어나기 시작했다.

*   *   *

"끄윽……."

갑자기 엎어져 있던 몸이 꿈틀거렸다.

"끄으아! 쿨럭쿨럭!"

망료는 입 안 가득한 재를 내뱉으며 숨을 몰아쉬었다.

"끄어헉! 끄으억!"

기관지며 코 안이 다 부어서 숨을 쉴 수 없는 지경이었는데 어째서인지 붓기가 가라앉아 호흡을 할 수 있게 된 것이다.

"커헉, 헉."

치이이, 치이이이.

아직도 바닥의 숯이 내뱉는 뜨거운 열기와 연기는 그대로였지만, 망료는 그것보다도 자기가 살아났다는 사실을 먼저 인지했다.

'해독약이, 효과가 있었다!'

비상에 대한 해독약들을 미리 준비해 부지깽이에 찔리자마자 먹어 댄 것이 도움이 된 모양이었다.

하지만 안심할 수 있는 상태는 아니었다.

속은 미친 듯이 울렁거렸고 머리는 끊어질 듯 아팠다. 팔다리는 자기 것이 아닌 것처럼 제대로 감각이 느껴지지 않았다.

겨우 가라앉았던 기관지도 다시 부어 호흡이 곤란해지고 있었다. 그야말로 상상 이상의 극독.

'이대로는 죽는다!'

해독약으로도 제거하지 못한 독소를 제거해야 한다.

망료는 입 안에 남아 있는 재를 내뱉으며 필사적으로 고개를 움직여 쓸 만한 게 있는지 방 안을 둘러보았다.

방구석 침상 옆에 놓아둔 숯이 보였다. 화로의 불을 갈때 보충하려고 가져다 둔 새 숯이다.

'숯이다!'

망료는 퍼뜩 생각이 떠올랐다.

숯은 독소를 빨아들이는 성질이 있다. 그래서 숯을 삼키면 독소가 흡착되어 배설된다. 어쩌면 그것으로 남은 독소를 배출해 낼 수 있을지도 모른다.

눈앞에도 숯과 재가 잔뜩 있지만 그건 먹을 수 없었다. 화로에 있는 숯은 진자강이 독을 뿌린 것이다.

망료는 온 힘을 다해 방을 기었다. 화상을 입어 진물이 줄줄 흐르는 가슴과 배의 상처도 신경 쓸 겨를이 없었다.

다시금 숨이 막혀 오기 시작했다.

수포와 화상으로 시뻘겋게 달아오르고 허물이 벗겨진 끔찍한 얼굴로 망료는 방바닥을 기었다.

지익, 지익.

숨을 참으며 몸을 이끌고 방구석까지 기었다. 끔찍한 고통이 전신을 뒤덮고 있는 와중에도 끝까지 포기하지 않았다.

말도 잘 듣지 않는 팔을 뻗어 숯을 집어 들었다. 그리고 한 치의 망설임도 없이 숯을 씹었다.

　와작!

　이 숯이 망료의 입 안과 몸에서 독소를 빨아들이지 않으면 망료는 죽는다.

　아니, 숯이 몸 밖으로 제대로 배설되지 않고 몸 안에서 잘못되어도 죽는다.

　지금 먹는 숯은 식용이 불가능한 대나무 숯이다. 부서진 숯 조각의 끝이 날카로워서 위장을 찌르고 복강(腹腔)에 구멍을 내 출혈이 생길 수도 있다.

　그러나 선택의 여지가 없었다.

　망료는 악귀 같은 얼굴로 숯을 씹어 삼켰다.

　와작, 와작!

　'산다. 나는 산다! 기필코 살아서 네놈의 목줄을 끊어 놓고야 말 것이야!'

第六章

서길풍

"들어가십쇼."

"수고하게."

문사풍의 옷을 차려입은 남자가 문지기와 인사를 나누며 무림총연맹 운남 지부를 나왔다.

탄원감리 서길풍이었다.

서길풍이 퇴근을 위해 밖으로 나오자 두 명의 무림총연맹 무인이 호위로 따라붙었다.

"집으로 가시겠습니까?"

"암, 그래야지."

서길풍의 표정은 매우 찡그려져 있었고, 목소리의 어조

는 낮았다.

누가 봐도 기분이 매우 좋지 않아 보였다. 최근에 계획했던 일들이 제대로 되지 않고 엉망진창으로 꼬여 버렸기 때문이다.

그리고 그중 서길풍을 가장 짜증 나게 만든 건수는 다름 아닌 지독문이었다.

"신경 쓰이는군, 정말."

한 달 전, 누더기를 입은 괴인(怪人)이 갑자기 찾아와 던진 말 때문이었다.

　　지독문은 멸문(滅門)했다.

그 짧은 전언이 그를 바쁘게 만들었다.

알고 보니 그 괴인은 바로 지독문의 장로였던 망료란 자였다.

그의 몰골은 매우 처참했다.

얼굴과 몸이 화상으로 뒤덮였고, 한쪽 눈은 멀어 있었다.

왼발은 잘렸고 오른발은 마비되어 양팔에 목발을 쥐어야 걸을 수 있었다.

운남 지부는 그 즉시 조사대를 파견했다.

실제로 혈사가 벌어진 건 무려 세 달도 더 전이었다고 했다. 망료가 몸이 불편해 찾아오는 게 늦었다는 것이다.

때문에 조사대가 도착한 건 혈사가 벌어지고 거의 넉 달이 지난 후였고 대부분의 시신은 이미 심하게 부패되어 있었다.

문주인 묘리구조 배량춘은 해골에 쇠갈고리가 박힌 채 처참하게 불에 탄 시체가 되어 있었고, 지독문이 보유하고 있던 고수들과 이백 명이 훌쩍 넘는 문도(門徒) 대부분도 썩은 시체로 발견되었다.

몇몇 생존자가 있었다고는 하나 돈이 될 만한 것들을 들고 날라 버린 탓에 아무런 증언도 들을 수 없었다.

그야말로 궤멸.

지독문이 소리 없이 지워져 버린 것이다.

망료는 그 모든 일이 진자강이라는 소년 한 명 때문에 벌어진 일이라고 했다.

소년이 탈출하며 지독문의 고수들을 죽였고, 추격대를 몰살시켰으며 마침내는 되돌아와 지독문을 전멸시켰다는 것이다.

그러나 서길풍은 망료의 말을 믿지 않았다.

그가 보기에 망료는 이미 반미치광이였다.

'진자강이라는 아이……'

근 일 년 가까이 된 일이다.

공판에서 자신을 쳐다보던 그 아이였다. 정말로 불편한

눈빛을 가지고 있었다.

물론 그때 이후로는 잊고 살았다. 그깟 아이 한 명이 자기를 뭘 어쩔 수 있겠는가.

한데 어떻게, 무슨 수로 그 열 살 남짓한 아이가 지독문을 그 꼴로 만들었다고?

말도 안 되는 소리다.

하여 서길풍은 망료의 말을 무시했다.

'어떤 세력이 지독문의 멸문에 개입했지?'

서길풍은 다른 세력의 개입이 있었다고 생각했다. 그게 지금 할 수 있는 가장 합리적인 의심일 터였다.

솔직히 말해 지독문의 궤멸 자체를 두고 큰일이라 할 수는 없었다. 지독문은 독문(毒門) 일파에 속해 있어 다른 문파들이 함부로 건드리기 어려웠을 뿐, 사실은 알고 보면 그리 대단하지 않은 삼류 문파에 불과하다.

다만 그런 문파라 하더라도 정식으로 무림총연맹의 가입을 앞둔 상황이었다. 그런데도 지독문을 멸문시켰다는 건 무림총연맹의 눈치를 보지 않는 겁 없는 무리가 있다는 뜻이다.

'도대체 어떤 놈들일까.'

용의자는 째고 쌨다.

독문은 원래 정사지간(正邪之間)의 문파다. 독문을 받아들이자는 정책에 대한 기존 문파들의 반발이 굉장히 거셌다.

'아무래도 반대파 놈들이 손을 쓴 모양인데…….'

백리중으로부터도 이번 일에 신중하게 접근하라는 서한이 왔다.

도통 가볍게 넘길 수가 없는 문제다.

'귀찮게 됐어.'

서길풍은 쯧쯧 하고 혀를 차며 집으로 돌아가는 걸음을 재촉했다.

평소보다 늦게 퇴근해서인지 날은 이미 어두워져 있었다.

*   *   *

서길풍이 골목을 막 돌았을 때였다.

앞쪽에 짧은 막대에 호롱불을 든 소년 한 명이 서 있는 게 보였다.

'저놈은 왜 길을 막고 있어?'

좁은 길 한가운데에 서 있으니 어쨌든 막고 있다는 게 옳은 말이었다.

호위 무인이 곧 앞으로 나와 소년을 윽박질렀다.

"비켜라."

호롱불을 든 소년이 호위 무인을 빤히 올려다보았다.

"이놈 보게? 비키라니까?"

소년의 태도가 좀 이상했다.

'모자란 아이인가?'

서길풍은 슬쩍 고개를 내밀어 소년의 얼굴을 살폈다. 호롱불을 삐딱하게 내려 들고 있어서 얼굴에 그림자가 져 잘 보이지 않았다. 겉모습을 보니 옷은 다 삭고 헤져서 거지꼴인데 머리는 짧은 까치 머리였다.

'응?'

서길풍이 의아해하던 중에 소년과 눈이 마주쳤다. 어디서 본 듯한 눈빛이다 싶은 순간, 소년이 고개를 숙이고 길한쪽으로 비켜섰다.

"가시죠."

호위 무인이 앞서 소년을 지나가고, 서길풍과 다른 무인도 함께 막 지나가려는 찰나였다.

살랑.

고개를 숙이고 있던 소년이 호롱을 흔들었다. 호롱 안의 등잔이 흔들리며 불빛이 일렁거렸다. 희끗한 연기가 흘러나와 바람을 타고 휘날렸다.

막 소년을 지나친 호위 무인이 갑자기 몸을 비틀거렸다.

"윽!"

호위 무인은 얼굴을 쥐어뜯다가 목을 움켜쥐고 고통스럽게 옆 담에 몸을 부딪쳤다.

쿵, 쿵!

"끄으으윽!"

호위 무인은 눈을 부릅뜨고 무릎을 꿇었다. 그러더니 서서히 옆으로 몸이 넘어갔다.

"어이!"

다른 호위 무인이 놀라서 그 호위 무인에게 달려갔다. 동료가 갑자기 쓰러졌으니 도우려는 게 당연한 일이었다.

서길풍은 쓰러진 무인의 옆에 호롱불을 들고 가만히 서 있는 소년을 보고 갑자기 불안한 생각이 들었다.

'가만? 열 살 내외?'

서길풍이 동료를 부축하려는 호위 무인을 말리려 했다.

"잠, 잠깐만!"

"네?"

이미 늦었다. 호위 무인이 막 쓰러지려던 동료를 붙든 찰나였다. 소년이 아무렇지 않게 멀쩡한 호위 무인의 얼굴에 호롱불을 들이댔다.

"너 뭐하는 짓이야!"

그러나 이내 그 무인의 표정이 일그러졌다.

"으아악! 얼굴이!"

무인은 크게 놀라서 한 손으로 얼굴을 감싸 쥐었다. 그러나 방금 무방비로 당한 동료와는 달랐다. 무인은 번개처럼 칼을 뽑아 소년을 향해 휘둘렀다.

부웅!

소년이 급하게 몸을 피했다. 무인의 눈이 침침해져 거리를 제대로 맞추지 못했다. 소년의 가슴에는 반 뼘 정도의 칼자국이 생겼다.

무인의 칼은 호롱불까지 반으로 갈랐다. 기름이 쏟아지고 바닥에 등잔이 엎어져 불이 났다.

"으, 으으으!"

무인의 마지막 일격은 그게 다였다. 무인은 먼저의 동료와 마찬가지로 고통스럽게 몸을 떨다가 죽어 갔다.

소년은 가슴에 배어 나온 피를 손으로 만져 보더니 별다른 표정 변화 없이 옷에 문질러 손을 닦았다.

서길풍은 그 모습을 보고 얼굴이 새하얗게 질렸다. 소년이 서길풍을 쳐다보자, 서길풍은 소년의 눈빛을 기억해 냈다. 외모는 변했으나 눈빛은 그대로였다.

"기, 기억났다. 기억났어!"

공판장에서 쳐다보던 그 소년, 백화절곡의 생존자 진자강이었다.

'저놈이 어떻게 여기에!'

진자강은 기름 때문에 바닥에 붙은 불과 연기를 피해 절룩이며 서길풍에게 다가왔다.

서길풍은 급히 몸을 돌려 달아나려 했다.

'몸을 피해야 해!'

일단 진자강이 혼자라고 생각하지 않았다. 분명히 반대 세력과 고수를 대동해 왔을 것임에 분명하다!

그렇다면 달아나는 게 의미가 있을지 모르겠지만, 어쨌든 일단은 몸을 피하고 볼 일이었다.

그런데 달아나려는 그의 등 뒤에 진자강이 말을 던졌다.

"이 앞이 댁의 집이실 텐데요?"

멈칫.

그 말이 서길풍의 발길을 잡았다. 서길풍은 갑자기 서느라 넘어질 뻔했다.

"아이들도 둘이나 있고, 가문의 어르신들까지 네 가족이 같이 살고 계시던데요."

서길풍이 황급히 돌아섰다. 서길풍의 얼굴에는 분노와 당혹이 같이 깃들어 있었다.

"지금…… 나를 협박하는 거냐?"

서길풍은 좌우를 돌아보며 말했다.

"어떤 자들인지 모르겠지만 애를 내세우지 말고 당장 모습을 드러내라! 어떻게 정파의 탈을 쓰고 비겁하게 가족을 인질로 잡을 수가 있단 말이냐!"

"……."

"나 서길풍이를 어떻게 해 보겠다고? 어디 해 봐라. 본 맹에서 가만히 있을지. 두고두고 오늘 일을 후회하게 될 것이다!"

"……"

"죽일 수 있으면 죽여! 고문할 테면 해 봐! 어떻게 하든 내게선 아무 말도 듣지 못할 것이야!"

"……"

참다못한 진자강이 물었다.

"어디에 대고 말씀하시는 거예요?"

"뭐?"

서길풍은 계속해서 두리번거렸다.

그냥 두면 계속 그럴 것 같아 진자강은 바로 용건을 꺼냈다.

"한 가지만 묻죠."

"내, 내 가족들은 어떻게 한 거냐?"

"살아 있죠. 아직까지는."

"내 가족들을 건드리기만 해 봐라! 내 결코 네놈들을……"

"당신의 가족들이 소중하다고 생각한다면 남의 가족에 대해서도 대답해 주실 수 있겠군요. 우리 백화절곡의 식구들은 어디에 있죠?"

"……?"

뜬금없이 나타나서 백화절곡을 찾으니 서길풍은 조금 헷갈렸다.

'백화절곡?'

당연하게도 그들이 어디 있는지는 안다. 하지만 백화절곡의 생존자들을 그냥 내어 줄 수는 없다. 그들은 살아 있는 증인이며, 서길풍과 그 윗선까지도 파멸시킬 수 있는 위험한 비밀이다.

"그걸 왜 나한테 묻지?"

서길풍은 아직 나타나지 않은 자들이 지켜보고 있을 거라 생각하고 계속 눈알을 굴렸다. 어차피 무공을 모르는 학사 출신인지라 그가 힘으로 할 수 있는 건 없었다.

그렇다면 최대한 말로 상대를 설득하거나 탈출구를 찾아봐야 하는 것이었다.

하지만 진자강은 서길풍의 수작에 넘어가지 않았다. 아니, 애초에 수작이라고 생각하지도 못했다.

"그러니까, 당신은 모른다는 거네."

진자강의 눈빛이 서늘해졌다.

서길풍은 간담이 쪼그라들었다.

자신을 살려 둘 가치가 사라진다면 살아남을 수 없다는 걸 본능적으로 깨달았다.

"누, 누가 모른다고 했느냐!"

"뭐라고요?"

"거래를 하자."

"……."

진자강의 무응답을 승낙으로 여긴 서길풍이 혀를 놀리기 시작했다.

"네 뒤에 누가 있는지 모르지만, 우선 내 목숨을 보장해라. 그리고 한 번씩 번갈아 질문을 하는 거다."

가만히 생각하던 진자강이 뒤를 돌아보더니 뒤쪽의 어둠에 대고 뭔가 두런두런 얘기를 했다. 그러더니 서길풍을 보고 고개를 끄덕였다.

"그렇게 하신대요."

역시!

서길풍은 생각했다.

일단 제안을 받아들였다면 처음부터 자신을 죽일 생각이 없었다는 것. 그렇다면 애초에 일종의 정보라든가 협력적인 부분에서의 거래를 위해 나타났다고 생각해 볼 수 있었다.

서길풍은 진자강이 던진 질문에 대한 대답을 빠르게 하고 자신의 질문을 던졌다.

"남화 어딘가에 있다고 들었다. 그럼 내 차례야. 지독문은 왜 멸문시켰지?"

대답이 교묘했다. 위치를 정확히 말해 주지 않았다.

진자강은 속는 것 같아 기분이 나빴지만 참았다.

"지독문이 죽을 만한 짓을 했으니까요. 그들이 백화절곡과 약왕문을 공격했잖아요. 자, 그러니까 남화 어디의 갱도죠?"

약왕문의 일을 알고 있고, 그들을 갱도로 이송했다는 것까지 알고 있다는 사실에 서길풍은 상대의 세력이 만만치 않은 정보력을 갖고 있다는 걸 깨달았다.

"건수(建水)의 갱도다."

운남에는 수많은 광산과 갱도가 존재하고, 건수현에도 마찬가지다. 진자강은 서길풍이 자꾸만 대답을 늦춘다는 걸 깨달았다. 말로는 서길풍을 상대할 수 없는 것이다.

그러나 끝까지 듣지 않을 수 없는 노릇이었다.

서길풍이 다시 물었다.

"지독문을 멸문시킨 게 누구지?"

진자강은 서슴지 않고 대답했다.

"전데요."

서길풍의 얼굴이 일그러졌다.

망료에게 들은 것과 같은 얘기였다. 서길풍은 원래 어떤 세력이나 조직이 지독문을 공격했는지 듣고 싶었던 것이다.

물론 제대로 대답해 줄 리 없다는 건 알고 있었지만, 전데요…… 라니!

서길풍은 화를 냈다.

"너 말고 다른 누가 또 있었느냐고 물은 것이다!"

진자강은 만만치 않았다.

"이번엔 제 차례잖아요. 건수의 갱도 중에 어디예요?"

이제는 어쩔 수 없이 대답을 할 때였다. 서길풍은 광산의 위치를 대답했다.

"단산촌(團山村) 인근의 야산에 있다."

대답을 한 서길풍은 고개를 저었다.

"이제 그만하지. 알고 싶은 건 다 알려줬으니 서로 말을 빙빙 돌리며 시간 끌지 말자고. 나를 찾아온 목적을 말해라."

진자강은 있는 그대로 대답했다.

"생존자들이 잡혀 있는 갱도에 대해 물어보려고요."

"이런 개……!"

서길풍은 입에서 욕이 나올 뻔했다. 뭔가 자신과 특별히 거래할 게 있어서 온 게 분명한데도 끝까지 발뺌을 해?

서길풍이 진자강의 뒤쪽을 보며 말했다.

"뒤에 어떤 분이 계신지 모르겠는데, 이러지 맙시다. 일을 더 크게 만들고 싶소? 장난 그만하고 직접 나와 말씀하시오!"

그러나 대답은 없었고, 이미 진자강은 뒤로 물러나고 있는 중이었다.

"뭐야…… 야! 너 어디 가는 거야!"

서길풍이 뒤늦게 진자강을 불렀으나 진자강은 어둠을 틈타 골목으로 사라져 버렸다.

뒤를 쫓고 싶은 마음이 간절했으나 죽어 나간 두 호위 무인을 보면 발이 떨어지지 않았다.

서길풍은 이 일을 빨리 백리중에게 알려야 한다고 생각했다. 그러나 그보다 급한 문제가 있었다.

'우리 가족!'

집이 바로 코앞이니 들르지 않을 수 없었다. 서길풍은 집이 있는 쪽으로 옷자락을 휘날리며 뛰었다. 뭐가 어떻게 된 건지 몰라도 일단 가족의 생사부터 확인하는 것이 우선이었다.

골목을 돌아 곧 제법 규모가 있는 장원이 눈에 띄었다. 그런데 자신이 돌아오기 전까진 늘 열려 있던 문이 오늘따라 닫혀 있었다.

서길풍은 가슴이 덜컥 내리 앉았다.

'설마!'

급히 뛰어가 대문 앞에 달린 짐승 얼굴 모양으로 된 구리 문고리를 잡아챘다. 하지만 이내 손을 놓쳤다.

"앗, 따가워!"

문고리에 날카로운 가시가 박혀 있었다. 손가락에 피가

맺혔다.

"이런 썅."

서길풍은 가시를 떼어 내고 다시 문고리를 잡아 두드렸다.

쿵쿵쿵!

"어서 나와 봐! 안에 아무도 없나! 나 왔어! 나 왔다……!"

갑자기 머리가 핑 돌았다.

"어…… 어어?"

서길풍은 자기의 의지대로 움직이지 못하고 자리에 주저

앉았다.

"어어?"

아팠다. 손바닥이 퉁퉁 붓고 손바닥을 따라 팔이 점점 마

비되어 오는 게 느껴졌다. 감각이 사라지고 있었다.

"왜, 왜 이래. 내, 내 팔이……."

그런 그의 앞에 그림자가 드리워졌다.

절룩, 절룩.

발을 절면서 진자강이 나타난 것이다.

서길풍은 섬뜩해졌다.

"이, 이봐. 사, 살려 준다고 했잖아."

진자강은 빤히 서길풍을 쳐다보며 대답했다.

"이제 그런 건 별로 중요하지 않을 텐데요."

서길풍은 진자강의 말뜻을 알고 눈앞이 캄캄해졌다. 변

명을 들을 필요가 없다는 건 이미 죽은 거나 다름없다는 뜻
이다.

진자강이 물었다.

"조정관 백리중은 어디에 있죠?"

"제발 이러지 마. 해달라는 대로 다 해 줬잖아. 그런데
왜……."

"식구들은 살려드릴게요."

"으흐흑!"

서길풍은 눈물이 쏟아졌다. 몸이 죽어 가고 있는 걸 느낄
수 있었다.

점점 검푸르게 변해 가는 입술로 서길풍이 말했다.

"백리 대협은 중앙 각료라 본맹으로 귀환…… 해 있다.
흑, 내 가족들을 살려 준다는 약속은 꼭 지켜 주겠지?"

"네."

"고, 고맙다. 흐으으윽…… 흑! 꾹!"

서길풍은 점점 정신이 흐려져 갔다. 이상하게 분뇨 냄새
가 심하게 났다.

그게 그의 마지막 의식이었다.

진자강은 가만히 서길풍을 내려다보다가 다리를 절며 사
라졌다.

얼마 지나지 않아 문을 열고 장원의 하인이 뛰쳐나왔다.

"어? 어르신? 정신 차리십쇼, 어르신!"

장원 안에서 다른 하인들이며 식솔들이 뛰쳐나왔다.

"빨리 의원을 모셔와!"

"아이고, 이게 무슨 변고야."

장원의 사람들이 모여 서서 웅성거렸다.

그러기를 얼마나 지났을까, 거의 자정이 다 되어 하인이 의원과 함께 헐레벌떡 달려왔다.

"비키시오! 비키시오."

의원이 서길풍의 맥을 짚었다. 식솔들이 조마조마한 마음으로 의원을 쳐다보았으나 의원은 이내 고개를 가로저었다.

"이미 돌아가셨소이다."

"어이구! 어이구!"

식솔들의 입에서 탄성과 놀람, 울음이 터져 나왔다.

뚜⋯⋯ 걱, 뚜⋯⋯ 걱.

갑자기 멀리에서부터 나무 막대기로 바닥을 때리는 듯한 소리가 들려왔다.

무심코 소리가 들려온 쪽을 본 장원의 식솔들은 소름이 끼쳐서 말도 제대로 하지 못했다.

흉흉한 모습의 괴인이 날듯이 달려오고 있었다.

머리는 산발에 외눈 안대를 했는데 드러난 나머지 얼굴

마저 흉터투성이였다. 심지어 외발인데 양 겨드랑이에는 목발을 꼈다. 그런데도 한 번 목발을 짚을 때마다 일 장 이상을 가뿐하게 뛰어넘고 있었다.

"누, 누구……."

뚜걱! 뚜— 걱!

괴인, 망료는 속도도 멈추지 않고 계속 달려왔다. 놀란 식솔들이 좌우로 갈라서서 비켰다.

쿠웅!

망료가 바로 장원 앞까지 날아와 멈췄다.

바닥에 목발이 깊숙하게 박혀 들며 먼지가 피어올랐다.

꿀꺽.

식솔들이 두려움에 마른침을 삼키며 망료를 쳐다보았다. 망료는 식솔들을 스윽 둘러보더니 인상을 썼다.

"에이잉, 늦었나."

망료의 목소리는 듣기도 싫을 정도로 쉬어 있었다. 고목을 갈퀴로 긁을 때 나는 소리와 비슷했다.

곧 망료가 코를 킁킁댔다.

"웬 거름 냄새지?"

망료는 목발을 들어 하인 한 명을 가리켰다. 망료의 험한 모습에 기가 질린 하인이 대답했다.

"아까 어떤 미친놈이 거름을 들고 지나가다가 대문 앞에서 쏟았소."

"거름을 쏟았다고?"

"그, 그렇소이다."

"그럼 대문을 닫았겠군?"

"치우긴 했지만 내, 냄새가 나니까…… 당연히 닫아놨소."

뚜걱뚜걱.

망료는 목발을 짚고 대문간으로 갔다. 확실히 대문 앞쪽
에 거름이 듬성듬성 묻어 있었다.

"문이 닫혀 있었으니 서길풍이가 퇴근해 오면서 문을 두
드렸겠군?"

식솔 중 건장한 청년이 화를 냈다.

"아버님을 함부로 말씀하지 마시오!"

"대답이나 해. 흉수를 찾고 싶으면."

"이익!"

다른 식솔이 청년을 말리자, 처음 서길풍을 본 하인이 대
답했다.

"그렇소. 문고리를 쳐서 두드리셨소."

망료는 목발을 잡은 채 소매에서 작은 호리병을 꺼냈다.
뚜껑을 열어 청동 문고리 위에 안의 액체를 뿌렸다.

피시싯.

약하지만 뭔가 반응하며 부글거리더니 투명한 김이 생겨

났다.

"클클클. 예상대로군."

식솔들의 눈이 휘둥그레졌다. 뭔지 잘 몰라도 이상이 있다는 건 알 수 있었다.

망료는 호리병을 식솔들을 향해 보여 주었다.

"이건 양잿물이다. 놈이 쓰는 독에 이걸 뿌리면 와사(瓦斯)가 피어오르지."

망료가 다시 한 번 상황을 정리했다.

"놈은 서길풍이 퇴근하는 시간에 맞춰 대문 앞에 거름을 뿌렸다. 냄새 때문에 대문을 닫자 문고리에 독을 장치했어. 그리고 그걸 만진 서길풍은 중독되어 죽은 게지."

망료가 의원을 눈짓하며 말했다.

"안 봐도 비상 중독일 게야."

의원이 놀라서 눈을 크게 떴다.

"마, 맞소."

서길풍의 아들인 청년이 망료에게 소리를 질렀다.

"그놈이 대체 누구입니까!"

망료는 흐뭇하게 웃으면서 대답했다.

"진자강."

"진…… 자강?"

"사람 수백 명을 아무렇지도 않게 죽일 수 있는 악귀 같은 놈이다."

"그, 그런 자가 왜 우리 아버님을!"

망료는 청년의 말을 이미 듣고 있지 않았다.

"놈의 방식이 점점 치밀해지고 있군. 독으로 사람을 죽이는 데 익숙해지고 있는 게야! 크흐흐흐."

"이보시오!"

망료가 귀찮다는 듯 청년을 돌아보았다.

"아버님이 돌아가신 지 얼마 안 되었소! 아버님을 해친 흉수가 근처에 있을지도 모르오."

"그래서?"

망료는 심드렁했다.

"놈을 쫓아가 잡아 주시오!"

청년의 간절한 외침에도 망료는 코웃음만 쳤다.

"일전에 말이야. 몇몇 고수가 이십 명의 부하를 끌고 놈을 뒤쫓은 적이 있다. 그런데 그들이 다 어떻게 되었는지 알아?"

"모, 모르오."

"증발해 버렸지. 하루 만에. 아마도 저리 되었을 걸?"

망료가 턱짓으로 죽은 서길풍을 가리키자 청년은 울분에 찼지만 말을 잇지 못했다.

"놈을 잡으려면 놈을 뒤쫓아서는 안 돼. 놈보다 앞서 가서 기다려야 놈을 잡을 수 있다."

"아아……."

"정 놈을 잡고 싶으면 무림총연맹에나 가서 탄원해 보는
게 좋아. 어차피 그 작자들은 믿지도 않겠지만, 클클클."

망료는 운남 지부에 가서 지독문을 궤멸시킨 흉수가 진
자강이라고 몇 차례나 주장했다. 그러나 운남 지부에서는
망료의 말을 귓등으로 흘려들었다.

애초에 열 살 소년이 문파 하나를 궤멸시켰다는 건 도통
이해가 되지 않을 얘기였다.

직접 당하기 전까지는 지독문도 망료의 말을 믿지 않았
다. 오히려 망료가 미쳤다고 손가락질을 하지 않았던가.

어쨌든 탄원감리가 죽었으니 무림총연맹에서 조사를 나
오기는 할 것이다. 하지만 있지도 않은 흑막(黑幕)이나 숨
은 세력이 있는지 찾아다니며 시간을 낭비할 게 분명했다.

거기에 함께 휘말려서 허송세월을 할 순 없었다.

'갱도의 위치를 알고 있는 서길풍을 찾아왔으니 놈이 다
음에 갈 곳은 백화절곡의 포로들을 잡아 둔 갱도겠지.'

망료는 진자강의 목표를 충분히 예상할 수 있었다.

'무림총연맹은 안 되겠고 칼받이가 필요하긴 한데……
역시나 독문의 힘을 빌릴 수밖에 없나?'

망료는 주위를 둘러보았다. 더 이상 그가 할 일은 없었다.

"이곳에서 내 볼일은 끝났군."

망료가 몸을 돌리자 청년이 다급히 망료를 불렀다.

"이, 이보시오!"

하지만 망료는 아랑곳하지 않고 자리를 떠나 버렸다.

뚜걱— 뚜걱!

한 번 목발을 짚을 때마다 휙휙 몸이 나아간다.

지금 망료의 내공은 반년 전에 비해 두 배 가까이 늘어나 있다.

지독문이 망한 직후, 남아 있던 영약을 혼자서 독차지한 덕분이었다.

배량춘이 숨겨 뒀던 비밀 금고와 장로들의 방까지 몽땅 뒤져 영약을 찾아냈다. 그 와중에 방해가 되는 자들은 수단 방법을 가리지 않고 모두 죽였다.

그래서 그 영약들을 모두 섭취한 결과, 망료는 이렇게 살아났다. 멀쩡했던 다리마저 독의 후유증으로 인해 잃고 양발을 모두 쓸 수 없게 되었으나 대신 근 이 갑자에 달하는 막대한 내공을 얻었다.

물론 순수한 기운이 아니라 여러 영약이 섞인 탓에 몸의 균형은 좋지 못했다. 간혹 발작을 하면 며칠이고 고통에 몸 부림쳐야 했다.

하지만 그것은 오히려 와신상담(臥薪嘗膽)에 다를 바가

아니었다.

고통이 깊어지고 심해질수록 진자강에 대한 분노와 복수심만 더욱 깊어질 뿐이다.

'기다려라, 이놈!'

망료는 살기 어린 얼굴로 웃었다. 진자강을 찢어 죽이는 그 날의 환희를 생각하면서⋯⋯.

*　　　*　　　*

진자강은 최대한 장원에서 멀리 달아나 허름한 관제묘에 기어들어 갔다.

"후우."

찬바람을 피해 들어오니 좀 살 것 같았다. 겨우 다리를 뻗고 앉았다.

지독문을 나오고 얼마 지나지 않아 금세 겨울이 왔다.

몸이 엉망인 상태에서 찾아온 겨울 앞에 진자강은 무기력했다. 복수고 뭐고 운남 지부로 가다가 길에서 얼어 죽을 판이었다.

하여 진자강은 어쩔 수 없이 운남 지부로 가기를 멈추고 도중에 겨울을 났다.

마을 가까운 곳에 살면서 구걸을 하거나 독을 이용해 짐

승을 사냥해서 잡아먹기도 했다.

그렇게 겨울을 나는 데 주력하다가 날이 풀리자 보름 전에야 겨우 운남 지부에 도착한 것이다.

그때부터는 서길풍에 대해 파악하는 데 모든 시간을 썼다.

그의 출퇴근 시간이며 본가가 있는 위치며 그가 걷는 길, 호위의 수까지 파악했다. 그가 아무리 바빠도 반드시 집으로 퇴근한다는 사실도 알아냈다.

가족들을 생각하는 마음이 크다는 걸 알고 나니 순식간에 계획이 섰다.

그의 집 근처에서 일을 벌인 것도 그래서였다.

때문에 계획이 성공했어도 기분이 그렇게 개운하지는 않았다. 오히려 좀 착잡했다.

'아냐. 마음 약해지면 안 돼. 저들은 우리 백화절곡의 원수들이니까.'

진자강은 마음을 가라앉히기 위해 구결을 외었다.

'밖으로는 근육과 뼈와 피부를 단련하고[外練筋骨皮] 안으로는 한 호흡의 기를 단련하고[內練一口氣]…….'

백화비경에 있는 내공심법의 구결이었다.

백화절곡의 비급인 백화비경은 무공서로서의 가치는 그리 크지 않았다. 한 가지의 내공심법과 내공의 운용 방법, 그리고 몇 가지 금나수와 도법 정도가 전부였다.

한편 약왕문의 비급인 본초양공에는 내공심법과 침술, 생약 배합술, 단약 제조술 등이 적혀 있었다. 무공을 제외한다면 살면서 필요한 건 오히려 본초양공 쪽이 훨씬 유용한 부분이긴 했다.

내용을 모두 이해하기엔 난해했으므로 진자강은 열심히 구결을 외고 책은 태워 버렸다. 남에게 빼앗길 수도 있고 불편한 몸으로 서책 두 권을 들고 다니는 것도 쉬운 일이 아니었던 탓이다.

진자강은 구결들을 잊지 않도록 매일매일 외웠다.

'하나를 움직이면 다른 것도 움직이지 않는 게 없고[一動無有不動], 하나가 정지하면 멈추지 않는 게 없다[一停無有不停].'

뜻은 모르지만 외고 나면 그래도 마음이 좀 편해지는 기분이 들었다.

진자강은 한참 구결을 외다가 잠이 들었다.

이제 날이 밝으면 다시 단산촌까지 긴 여행을 떠나야 한다. 언젠가는 백리중마저도 단죄(斷罪)해야 할 테지만, 그건 백화절곡의 생존자들을 구하고 난 이후의 일이었다.

당장은 백화절곡의 생존자들이 잘 살아 있기를 바랄 뿐……

第七章
단산촌의 지하 갱도

무인 둘과 탄원감리가 독살당했다.

당연히 무림총연맹 운남 지부에서는 난리가 났다.

지독문이 멸문당한 것보다 무림총연맹의 소속 무인들이
공격당한 것이 더 큰 사건이었다.

중원에서 멀리 떨어진 운남이라는 지역의 특성상 운남
지부는 명맥상으로 운영하는 지소(支所)에 불과했다. 그러
나 그렇다고 할지라도 이것은 무림총연맹의 체면과 자존심
이 걸린 문제였다.

특히나 최근 독문 문파들의 가입 문제로 홍역을 겪고 있
는지라 더 복잡한 문제로 발전할 가능성이 농후했다.

사파의 소행인지, 독문의 소행인지 그도 아니면 내부자의 짓인지 의견이 분분했다.

지독문의 멸문 사건과 결부하여 작지 않은 세력이 벌인 일이라는 것에는 이견이 없었으나, 일전에 망료가 운남 지부에 와서 증언했던 이야기들은 일고의 가치가 없다고 판단되어 깡그리 무시되었다.

운남 지부가 강서성에 있는 무림총연맹 중앙 본맹에 사건에 대해 알리고 고수들의 파견을 요청하여 본맹에서 조사단을 꾸려 내보내기까지, 무려 한 달이라는 시간이 걸렸다.

망료의 예상대로였다.

당연히 망료는 그때에 이미 운남 지부에 남아 있지 않았다. 무림총연맹이 조사단을 꾸리고 하는 그 시간에 벌써 남화의 건수현에 도착해 있었다.

망료는 곧장 건수현의 갱도를 관리하는 석림방(石林幇)을 찾아갔다. 석림방은 운남의 오대독문 중 한 곳으로 이번에 약문의 포로들을 관리하는 역할을 맡고 있었다.

석림방의 방주 가흑이 망료를 맞이했다. 가흑은 의외로 평범한 인상의 중년인이었다.

"지독문의 일은 들었소이다. 참으로 안 되었소. 쯧쯧, 배형이 그렇게 떠날 줄이야."

망료는 무뚝뚝하게 가흑의 인사말을 받아들이더니 입을 열었다.

"단산촌의 갱도 관리 일을 맡겨 주시오."

가흑이 망료를 위아래로 훑어보더니 허허 하고 웃었다.

"다짜고짜 그런 말을 하면 내 입장이 곤란하외다. 기존에 있던 사람들의 입장도 있고."

망료는 품에서 책자를 꺼내 내밀었다. 묘리구조 배량춘의 무공 비급이었다.

"갈 데가 없어 잠시 몸을 의탁하고 싶은데, 사람이 일은 하고 살아야 하지 않겠소이까."

"허어, 아무리 그래도⋯⋯."

망료는 거기에 금덩이 몇 개를 더 얹었다.

가흑의 눈이 탐욕스럽게 빛났다.

＊　　＊　　＊

망료는 단산촌의 여러 갱도 중 한 곳을 지정하여 관리하게 되었다.

명색이 지독문의 대장로였으니 예우한다는 명분이었다. 그러나 석림방의 고수들을 휘하에 둔 것은 아니었기 때문에, 간수 겸 무사들 십수 명을 거느린 정도로 적당히 대우

해 주었다.

하나 망료에게는 그 정도면 충분했다.

목적은 갱도의 운영이 아니라 진자강을 잡을 덫을 놓는 것이기 때문이었다.

망료는 갱도로 들어가 포로들을 살폈다.

백화절곡의 생존자들과 다른 몇몇 소수 약문의 포로들이 눈에 띄었다. 약문 일파에 대한 공격이 지독문뿐 아니라 전 독문에서 일거에 이루어진 탓이다.

'백화절곡의 생존자가 다섯, 다른 약문의 포로들이 열여섯.'

생각보다 백화절곡의 생존자가 적다.

하지만 그래도 진자강은 올 것이다.

망료는 회심의 미소를 지었다.

포로들을 갱도로 돌려보낸 후, 망료는 보초 서는 위치며 순찰 도는 시간, 이동 경로까지 꼼꼼하게 조정했다.

"아, 한 가지 더."

간수들이 망료를 주목했다.

"이제부터 포로들의 밥은 단산촌에 있는 아이들 서넛쯤 잡아다가 만들도록."

"네에?"

뜬금없는 주문이었다.

"그 정도는 저희가 하거나 아니면 포로를 시켜도……."

"아침에 데려와서 밥을 짓게 하고 점심에 배식까지 시킨 다음에 돌려보내."

나이가 많은 간수 한 명이 물었다.

"매일 말씀입니까?"

"매일."

간수들의 불만이 가득해졌다. 도대체 그런 귀찮은 짓을 왜 시킨단 말인가.

대충 밥 한 덩이씩 끼니때마다 포로들에게 던져 주면 되는 걸 굳이 산 아래 단산촌의 애들을 잡아 와 쓰라니.

그것도 매일이다.

매일 데려와 배식을 시키고 다시 데려다주기까지 하라고?

게다가 포로들을 갱도에 처박아 둔 것은 대외적으로 비밀이었다. 그런데 단산촌의 애들을 데려오면 위치며 포로들이 있는 것이며 죄다 외부에 드러나지 않겠는가!

"약문의 포로들이 여기에 있는 게 드러나면……."

간수들의 우려에 망료가 인상을 썼다.

"누가 굳이 말하지 않으면 애들이 여기 있는 게 약문의 포로인지 나라의 죄인인지 누가 알겠나."

"그야 그렇지만……."

"그리고 시골 촌무지렁이들이 알아봤자 저들이 어쩔 게

야?"

말 그대로 눈 가리고 아웅이 아닐 수 없었다. 비밀이 새어
나가지 않는다는 보장은 전혀 없었다. 그러나 망료는 간수
들이 불평할 걸 알고 있었다. 망료가 은원보를 꺼내 던졌다.

손바닥만 한 은원보가 바닥을 굴렀다.

"보름마다 하나씩 주지. 배분은 알아서 해."

나이 많은 간수가 은원보를 집어서 받았다. 좀 귀찮아도
애들 데려오고 입만 다물면 생기는 공돈이었다. 굳이 마다
할 필요는 없었다.

"어떤 아이들을 원하십니까?"

"열 살 전후. 남자 아이 위주로."

간수들의 표정이 묘해졌다. 아무래도 새로 온 관리자의
취향이 좋지 못하다고 생각한 모양이었다.

"알겠습니다."

어차피 이 근방은 석림방의 영역.

잡아다가 죽이는 것도 아니고 밥을 시키는 것이니 그 정
도로 반항할 간 큰 촌민(村民)들은 없었다.

망료는 간수들을 둘러보며 흐뭇해했다.

'칼받이로 이 정도면 충분하겠지.'

이제 덫은 준비되었다.

'놈. 어서 오거라!'

서길풍을 처리할 때에 큰 부상이 없었기 때문에 진자강은 곧장 건수의 단산촌으로 향할 수 있었다.

뭘 먹어도 탈이 나지 않으니 먹는 건 별다른 걱정이 없었다. 진자강은 부지런히 걸어 근 두 달 만에 단산촌에 도착했다.

단산촌은 삼십여 가구가 사는 작은 촌락이었다. 운남의 다른 마을들이 그러하듯 울창한 산들로 둘러싸여 있어서 찾기도 쉽지 않았다. 예상은 했지만 그곳에서 다시 갱도를 찾는다는 건 꽤나 막막한 일이었다.

진자강은 마을에 들러 구걸을 하며 정보를 얻기로 했다.

마을 어귀에 있는 가장 앞쪽 집부터 들러 구걸을 했다. 허리가 구부정한 노파가 나와 진자강에게 밥을 퍼 주었다.

"쯧쯧, 멀쩡한 부잣집 도련님 같은 데 왜 이런 데까지 와서 그러고 있누?"

진자강은 옷도 낡았고 거지꼴이었지만, 눈빛이 매우 맑았다. 게다가 몸을 뒤덮고 있던 딱지도 다 떨어져 피부가 매끈하기 그지없었다.

차림새만 제대로 갖추면 누구라도 귀공자처럼 볼 터였다.

진자강은 허겁지겁 밥을 주워 먹으며 연기를 했다.

"아버지를 찾아 왔어요."

"아버지가 왜?"

"이 근방의 광산에 잡혀 와 계시다고 했거든요."

보통은 그런 얘기에 측은해하기 마련인데, 노파의 눈에는 적개심부터 드러났다.

"그 나쁜 놈들 얘기구면!"

"혹시 아세요?"

"알다마다. 어디서 노예들을 데려다 광산에서 일을 부려 먹는데, 하필이면 우리 손주랑 애들을 매일 데려가서 밥을 짓게 시킨다니까."

"네?"

노파가 갑자기 진자강을 유심히 살폈다.

"가만있자. 우리 손주랑 나이도 비슷해 보이고……."

노파는 진자강의 더러운 손을 덥석 잡았다.

"초면에 이런 부탁을 해도 되는지 모르겠구면. 밥도 주고 옷도 주고 재워 주고 할 테니, 우리 손주 대신 가주면 안 될까? 아, 왜 운이 좋으면 아버지도 만날 수 있잖여."

노파는 간절했다. 혹시나 손주가 이상한 데로 끌려가 잘 못될까 봐 걱정스러운 모양이었다.

"며칠만이라도 부탁하이."

남이야 어찌 되든 말든 자신의 손주만 생각하는 이기적인 노파였으나 진자강의 입장에서는 오히려 환영할 일이었다.

몰래 남들의 눈을 피해 잠입할 필요도 없고 당당하게 가서 확인해 볼 수 있는 것이다.

진자강은 자기도 모르게 주먹을 꽉 쥐었다.

'천운이 따랐어!'

부디 가야 할 광산의 갱도에 백화절곡의 생존자들이 있기를.

그것만 바랄 뿐이었다.

*   *   *

노파는 진자강을 깨끗이 씻기고 손주의 옷도 내주었다. 옷은 좀 헐거웠다. 겨울이 지나 열한 살이 되었지만 그간 제대로 먹지 못해 또래보다는 조금 작은 체구였다.

그래도 단장을 마친 진자강은 굉장히 곱상했다. 피부가 투명하리만치 새하얘서 신비한 느낌마저 났다.

'너무 드러나 보이면 안 돼.'

진자강은 얼굴에 마른 흙을 문질러 발라 수더분하게 보이도록 만들었다. 어차피 시골 아이들이란 것이 며칠씩 제대로 씻지도 못하고 지저분해 티가 잘 나지 않았다.

아침이 되니 칼을 찬 석림방의 무사들 둘이 찾아왔다. 마을 사람들은 걱정하면서도 아이들을 보냈다.

진자강은 노파의 손주 대신에 석림방의 무사들에게 끌려갔다. 단산촌의 또래 아이들 둘과 함께였다.

"넌 누구니?"

"어디에 사니?"

길을 가며 또래 아이들이 물었지만 진자강은 대답하지 않았다. 생사를 넘나들고 사람을 몇이나 죽이며 피투성이의 길을 걸어온 진자강에게 또래 아이들의 천진난만함은 불편하기만 했다.

다행히도 진자강의 무거운 분위기에 아이들은 겁을 먹고 더 이상 말을 붙이지 않았다.

절룩, 절룩.

발을 절며 걷는 데에 익숙해져 있었기 때문에 진자강이 걷는 속도는 그리 느리지 않았다. 이제껏 산으로 가득한 운남을 가로질러왔으니 왜소한 몸과 달리 체력이 좋았다. 오히려 다른 두 아이들의 체력이 딸려 발목을 잡았다.

"빨리 걷지 못해?"

무사들이 짜증을 냈다.

아이들은 힘들어서 입술까지 바싹 말랐다.

"헉헉, 좀만 쉬게 해 주세요."

진자강은 닦달당하는 아이들을 보고 이질감을 느꼈다.

'평범한 아이들이란 저런 거구나.'

진자강은 심지어 숨도 별로 차지 않았다. 석림방의 무사들마저도 땀을 줄줄 흘리고 있는 마당에.

그것이 자신의 현실을 다시금 자각시키는가 싶어서 진자강은 조금 기분이 가라앉았다.

진자강과 아이들은 봉우리 둘을 넘어 광산에 도착했다.

진자강은 재빨리 주변 환경과 위치 등을 확인했다. 갱도 밖에 네댓 명의 무장한 간수가 서 있었고, 그들이 잠을 자는 간이 숙사도 지어져 있었다.

그곳에서 숨긴 것이 없는지 몸수색부터 받았다. 진자강도 몸수색을 당했지만 당연히 아무것도 나오지 않았다.

그냥 일반적인 절차였던 듯, 간수들은 몸수색이 끝나자 아이들에게 할 일을 하라고 손짓했다.

아이들은 밥을 짓기 시작했다.

고사리손으로 쌀을 씻고 장작을 날랐다. 옆에서 봐주는 간수가 있었지만 달리 참견하지는 않았으므로 지어진 밥은 엉망이었다. 밑은 타고 위는 설익었다.

이 아이들이 언제 집에서 밥이라도 해 봤을까.

채소에 이것저것을 넣고 볶은 건더기도 대부분 타서 먹을 만해 보이지 않았다.

'왜 애들이 밥을 만드는 거지?'

진자강은 좀 이상하게 생각했으나, 의심을 할 틈도 없이 재촉을 받았다.

"무슨 밥을 이따위로 해?"

"다 됐으면 빨리빨리 덩어리로 뭉쳐 놔!"

무사들이 고함을 질러 댔다.

진자강과 아이들은 다 된 밥과 건더기를 섞어서 둥글게 덩어리로 만들었다.

전부 스물한 덩어리였다.

'스물한 명!'

덩어리로 만드는 일이 끝나자, 덩어리를 통에 넣어 작은 수레에 담고 갱도로 향했다.

무거운 수레를 밀고 당기고 하는 것도 아이들의 몫이었다. 간수들은 옆에서 말로만 일을 시키고 지키기만 할 뿐 전혀 도움을 주지 않았다.

어둡고 구불구불한 갱도를 따라 한참 아래로 내려가니 횃불을 밝힌 공터가 나타났다.

공간이 넓어서 그곳 공터를 집결지처럼 쓰는 듯했다.

간수들이 곳곳에 지켜서 있는 가운데 그곳에서 배식 준비를 하고 있으니, 아래 갱도에서 포로들이 올라오기 시작했다.

옷은 거의 넝마가 되었고 머리는 산발에 몸은 온통 말라 있었다. 하나같이 눈 밑이 거무스름해져 있었다.

스르렁, 스르렁.

양다리를 붙여놓은 족쇄를 차서 빨리 걷지도 못하고 걸을 때마다 시끄러운 쇳소리가 났다.

배식이 시작됐다.

진자강도 아이들처럼 포로들에게 밥 덩어리를 나눠 주었다. 포로들은 말없이 한 덩이씩을 받아 지나갔다. 밥을 받은 포로들이 아무렇게나 바닥에 앉아 밥을 먹기 시작했다.

한 명 한 명이 자신의 앞을 지나갈 때마다 진자강은 두근거렸다.

'제발!'

진자강의 바람이 헛되지 않았음인지, 마침내 아는 얼굴이 나타났다.

진자강은 참으려고 했지만 저도 모르게 눈물이 났다.

"아!"

포로가 진자강의 탄성에 무심코 고개를 들어 진자강을 보았다. 포로의 눈에 미묘한 표정이 떠올랐다. 누군지 어디서 본 것 같긴 한데 한 번에 알아보진 못한 것이다.

반면에 진자강은 한 번에 포로를 알아보았다.

'윤익 아저씨!'

옆집에 살던 윤익이란 중년의 남자다. 부친을 일찍 잃은 진자강네 집에서 남자가 해야 할 일을 종종 도와주던 고마운 이었다.

진자강을 바라보던 윤익의 표정이 점점 변해 갔다. 윤익은 얼굴을 숙여 표정을 감추더니 자신의 뒤에 있는 노인에게 눈짓을 했다.

'공씨 할아버지!'

노인 공가복은 윤익의 눈짓에 진자강을 힐끗 보더니 놀라운 표정을 지었다. 공가복과 윤익이 빠르게 손짓을 주고받았다. 그러더니 윤익이 밥 덩어리를 들고 좀 떨어져서 서 있는 간수에게 다가갔다.

"뭐야!"

"아무리 그래도 너무하는 거 아니오? 하루에 고작 한 끼를 주면서 이런 탄 밥을 주면 어떻게 먹으라고!"

"배때기가 불렀나. 주면 주는 대로 안 처먹어?"

"댁이라면 이런 걸 먹을 수 있겠나!"

"알게 뭐야! 빨리 받고 가란 말야. 너희들 배식이 끝나야 우리도 밥을 먹을 거 아냐!"

분위기가 험악해지며 간수들이 몰려들었다.

"이게 미쳤나."

"맞아야 정신을 차리지?"

윤익은 바닥에 누워 버렸다.

"그래. 차라리 죽여라, 죽여. 이딴 밥을 먹고는 더 이상 못살겠다!"

"이런 미친놈이……."

간수들이 발길질을 했다.

"으으윽! 죽여! 그래, 차라리 죽여!"

윤익이 반항할수록 발길질은 더욱 쏟아졌다.

그 소란을 틈타 공가복이 진자강에게 말을 걸었다.

"도대체 어떻게 된 게냐. 네가 왜 여기에 와 있어?"

"공씨 할아버지……."

진자강은 할 말이 많았지만 가장 중요한 말부터 꺼냈다.

"탈출시켜 드리려고 왔어요."

"뭐?"

공가복의 눈이 휘둥그레졌다.

윤익이 간수들에게 언어맞고 생각보다 빠르게 제압당했기 때문에 소란은 금세 가라앉았다.

아쉽게도 진자강과 공가복은 오래 얘기를 나눌 틈이 없었다. 진자강은 내일 다시 오겠다는 약속만 겨우 남길 수 있었다.

하지만.

"흐흐흐흐."

그 모든 광경을 멀리 어둠 속에서 망료가 지켜보고 있었다.

망료는 진자강이 처음 광산에 찾아왔을 때부터 알았다.

석림방의 무사들이 아이들을 데려올 때마다 멀찍이서 지켜보았기 때문에 진자강을 놓치지 않았다.

"어쩐지 오늘 눈알이 시큰거리더라니."

진자강과 관련된 일이 발생하면 이상하게 진자강에 의해 멀어 버린 눈알이 시리고 다리가 아파 오는데, 아니나 다를까.

바로 진자강이 나타난 것이다!

"대충 한 달 만인가. 기다린 보람이 있군."

망료는 좋아 죽을 지경이었다. 자신이 파 놓은 함정에 진자강이 걸려들었으니 기쁘지 않을 수가 없었다.

그러나 망료는 즉시 몸을 드러내지 않았다. 금방이라도 뛰쳐나가고 싶은 욕구를 가까스로 참았다.

그냥 나타나서 죽여 버린다?

물론 그것도 좋다. 하지만 조금 더 지켜보고 싶다. 가까이에서 진자강이 도대체 어떻게 저들을 탈출시킬지 보고 싶다.

조금 전 몸수색을 했을 때 아무것도 나오지 않았으니, 진자강도 오늘은 탐색하는 정도로 생각하고 온 것이리라.

'시간은 많아. 이제 시작이지.'

망료는 시큰거리는 눈을 어루만지면서 웃었다.

백화절곡의 포로들이 이곳에 있는 한 진자강이 결코 혼자서 달아나지 못할 것임을 알고 있었다.

그러나 진자강이 마냥 느긋하게 행동하도록 할 수는 없다. 엉덩이가 너무 무거운 말은 좀 때려 줘야 움직이는 법이다.

*   *   *

진자강은 며칠 동안 오가면서 갱도 안의 상황을 파악했다.

광산에 잡힌 약문 일파는 백화절곡의 생존자들을 포함해서 스물한 명, 간수는 열다섯 명 정도 된다고 했다.

지난번 간수에게 얻어맞아 아직도 얼굴이 부어 있는 윤익이 배식을 받아 가며 말했다.

"오늘부터 작업량이 두 배로 늘었다. 작업을 마치기 전엔 잠도 안 재워서 사람들이 매일 쓰러지고 있단다. 이대로는 얼마 버티지 못할 것 같아."

진자강은 그들의 혹독한 처사에 화가 났다.

하기야 생각해 보면 약왕문의 사람들 또한 온갖 고문을 받은 후에 이쪽 갱도로 보내질 예정이었으니, 애초에 그들에게 사람 취급을 해 달라고 요구하는 것도 우스운 일이다.

"계획이 있다면 빨리 실행해야 할 것 같다. 아무래도 놈들이 우릴 말려 죽이려는 모양이야."

진자강은 뒤에 줄 서 있는 공가복을 보았다. 공가복은 이미 기력이 달려 눈 밑이 시커메져 있었다. 공가복뿐 아니라 다른 포로들도 피곤함이 역력해 보였다.

공가복은 이빨 빠진 입으로 한숨을 내쉬며 고개를 저었다.

"자강이는 아직 어려. 부담을 주지 마라. 안 되겠다 싶으면 자강이라도 살아남아야 해."

"저 혼자 살아남을 거면 여기 오지도 않았을 거예요."

윤익과 공가복은 진자강의 어조에 흠칫 놀랐다. 목소리는 여전히 어렸지만 말에는 아이라고 보기 어려운 단호함이 있었다. 그들이 기억하고 있는 진자강의 모습이 아니었다.

배식하는 동안 짧게짧게 들은 정도로는 진자강이 겪은 일들을 깊이 이해하긴 어려웠던 것이다.

윤익이 진자강을 보며 물었다.

"방법은 찾아낸 거냐?"

진자강은 고개를 저었다. 며칠 동안 계속 탈출할 방법을 생각하고 있었지만, 아무리 머리를 짜내려 해도 이 많은 사람들이 조용히 빠져나갈 길은 없었다.

"그럼……."

"정면으로 나갈 거예요."

진자강의 말에 윤익과 공가복은 불안한 기색을 내보였다.

"내공도 못 쓰고 족쇄까지 찬 상태에서 무기도 없이 저들과 싸울 수는 없다."

"독을 쓸게요. 뾰족하고 날카로운 걸 준비해 주세요. 거기에 독을 바르면 한결 싸우기 수월해질 거예요."

"저 아래 갱도의 작업 현장에 곡괭이나 삽 같은 도구가 있지만 배식 땐 가져올 수가 없다. 대신 돌을 깨서 날카로운 파편을 만들 순 있을 거다."

"상관없어요."

"독은 언제 준비가 되겠느냐."

"내일요."

내일 당장이라는 말에 윤익과 공가복은 서로를 마주 보았다. 너무 급한 면이 있다 싶었지만 어차피 정면 돌파라면 진자강의 선택이 옳다.

하루라도 더 늦으면 늦을수록 포로들의 체력이 떨어진다. 최대한 빠르게 거사를 준비하는 것이 오히려 나은 일인지도 모른다.

윤익과 공가복의 입장에서는 진자강이 어떻게 이런 과감한 선택을 할 수 있는지 놀라울 뿐이다.

"알았다. 사람들에게 얘기해 두마."

진자강과 윤익, 공가복은 결연한 눈빛을 주고받았다.

이제 내일이면 갱도를 나가 자유의 몸이 되든, 싸우다가 죽게 되든 결판이 날 것이다.

*   *   *

망료는 눈을 끔벅거렸다.

그 날은 아침에 일어나기도 전부터 유독 왼쪽 눈이 시큰거렸다.

보라고 있는 눈, 실명해서 보이지도 않는 눈인데 아프기만 하니 보통 사람들이라면 매우 귀찮아할 만하다.

하지만 망료에게는 아니다.

미친 듯이 쑤시는 눈은 마치 야생 상태에서의 야수가 느끼는 육감과도 같았다.

'놈이 오늘 움직이는구나!'

망료는 직감으로 오늘이 진자강이 행동할 날이라는 걸 깨달았다.

자리에 누워 있을 때가 아니었다.

망료는 벌떡 일어났다.

"역시 놈은 달라."

움직이는 데 있어서 망설임이 없고 과감하다.

작업량을 늘리기로 한 게 바로 어제였다. 다른 자였다면 좀 더 신중한다고 시간을 끌었을 것이고, 하루가 지날 때마다 포로들의 체력은 점점 떨어져서 탈출이 더 힘들어졌을 터였다.

망료는 즉시 간수를 불러 명령을 내렸다.

"오늘은 평소보다 몸수색을 더 샅샅이 하도록."

"예."

"대신 뭔가 있는 것 같더라도 모른 척해."

"네?"

간수는 망료의 말을 듣고 의아해했지만 별다른 토를 달지 않았다. 한 달 넘게 같이 지내는 동안 망료의 성격이 워낙 괴상하다는 걸 안 탓이다.

"알겠습니다."

얼마 지나지 않아 광산에 진자강과 아이들 둘이 도착했다.

간수가 아이들의 몸수색을 했다.

망료는 광산 앞에 있는 간이 숙사 안에서 창밖을 내다보며 간수의 신호를 기다렸다. 진자강에게 자기가 있음을 들키지 않기 위해서다.

'자아, 뭘 준비했는지 두고 볼까?'

간수는 망료가 시킨 대로 철저하게 몸수색을 했다. 옷을 다 벗기고 탈탈 털어 보기까지 했다.

그러곤 이내 망료가 있는 쪽으로 아무것도 없다고 고갯짓을 해 보였다.

'뭐?'

눈은 여전히 쑤셨다. 피가 줄줄 흘러나올 정도로 시큰댔다.

'그럴 리가 없는데? 분명히 오늘일 텐데?'

진자강은 독을 쓴다.

그것도 꽤 상당한 양을.

그러면 몸에서 뭐가 나오더라도 나왔어야 했다. 약병이든 고형(固形)의 독단(毒丹)이든.

한데 아무것도 없다?

아무래도 뭔가 찝찝했다.

해서 망료는 밥을 짓는 진자강을 한참이나 살폈지만, 아무런 기색이 없었다.

'으음, 내가 잘못 알았는가.'

망료는 낮은 평상에 앉아 뭐가 잘못됐는지 생각했다. 남들의 말처럼 진자강에게 너무 집착한 것일까?

'그럴 리가 없다. 이 느낌은…….'

그런데 그때 간이 숙사에 석림방의 무사가 들어왔다.

"방주님께서 찾으십니다."

"방주가? 오래 걸릴 일이냐?"

"잠깐 뵙는다고 하셨습니다."

"알았다."

망료는 못내 찜찜하여 진자강 쪽을 몇 번이고 쳐다보았다. 그리고 나서야 무거운 발걸음을 뗄 수 있었다.

$$* \qquad * \qquad *$$

망료가 광산에서 제법 떨어진 석림방의 방주 집무실로 갔을 때, 방주 가흑은 굉장히 나이가 많은 노인과 마주 앉아 차를 마시고 있었다.

노인은 수수한 두루마기에 단정하게 상투를 틀어 일견 동네 서당의 훈장 같은 모습이었다.

하지만 노인은 흰머리에 흰 수염 때문에 나이가 들어 보일 뿐 가흑보다도 훨씬 안광(眼光)이 형형했다.

"아, 어서 오시오. 망 장로. 여기 계신 분은……."

가흑이 소개하려 하자 노인이 만류했다.

"괜찮아. 구면일세."

노인이 부드럽게 망료를 보며 말했다.

"오랜만이야. 소문은 들었다네. 쯧쯧, 딱 봐도 그간 고초가 많았겠어."

목발을 짚고 있는 망료의 두 손에 힘이 들어갔다. 이곳에서 만날 사람이라고는 전혀 생각하지 못해서였다.

저 노인을 어떻게 모를 수 있겠는가!

아마 독문에 속한 사람이면 모를 수 없을 것이다.

운남의 오대독문 중 가장 강력한 실세인 독곡(毒谷)의 수장이자 오대독문 최고의 고수.

백담향(百淡香) 위종.

백 가지 향기가 나는 독을 품고 있어서, 향기가 날 때마다 사람이 죽어 나간다고 하는 신기의 독술을 지닌 고수다.

운남뿐 아니라 강호에서도 백담향 위종이라고 하면 고개를 끄덕일 정도로 이름이 나 있는 그가 석림방에 와 있는 것이다.

그가 왜 석림방에 왔고 왜 자신을 불렀을까?

망료가 생각에 빠져 대답을 않자, 백담향 위종이 슬쩍 웃었다.

순간 망료의 코끝에 담담한 난향(蘭香)이 풍겨 왔다. 개미에라도 물린 것처럼 코가 간질거렸다.

망료는 대경실색해서 눈을 크게 뜨고 위종을 쳐다보았다.

"껄껄껄. 놀라긴. 잠시 정신이 다른 데 팔려 있는 것 같아서 장난을 쳐 봤네."

굳이 불러다 놓고 살수를 쓸 생각은 아니었을 터, 망료의 무례함을 꾸짖으려 약하게 독을 쓴 것이다.

망료는 화가 났지만 화를 낼 수가 없어 이를 악물었다. 내공이 크게 올랐지만 아직 위종을 상대할 정도는 아니다.

망료는 겨우 화를 억누르며, 걸걸하고 쉰 목소리로 말을 내뱉었다.

"오랜만에 뵙습니다. 무슨 일로 절 부르셨습니까."

"예전에는 말이 좀 많은 편이었던 것 같은데…… 뭐, 좋네. 사람이야 늘 바뀔 수 있는 것이니."

위종이 가흑에게 가볍게 고개를 끄덕여 보였다. 가흑이 위종의 말을 대신 받았다.

"그간 갱도의 일을 맡느라 고생이 많았소이다. 오늘부터는 갱도에 나가지 않아도 좋소."

망료는 위종을 만날 때보다도 더 놀랐다. 다 된 밥에 재를 뿌려도 유분수지, 놈이 손아귀에 있는데 그게 무슨 말인가!

"내게 한마디 언질도 없이 갑자기 이러면 어쩐단 말이오!"

"허허, 사람 참. 그건 말야……."

위종이 말했다.

"사실 내가 온 것도 그 때문일세. 지독문도 관계가 있어."

"뭡니까?"

"듣자 하니 자네가 아이 한 명이 한 일이라고 그랬다면서? 지독문의 혈사 말일세."

"그렇습니다."

"자네가 그렇다고 한다면 그렇겠지. 난 믿네. 하지만, 알다시피 이쪽의 일이란 게…… 때로는 사실과 거리가 먼 일도 사실로 받아들여질 때가 있어. 무림총연맹은 지독문의 불상사가 모종의 세력에 의해 자행되었다고 믿고 있네."

"그게 석림방과 무슨……."

그건 이미 망료도 충분히 예측했던 상황이었다. 그런데 그게 석림방에 위종이 온 것과 무슨 상관이냐고 물으려던 망료가 말을 멈췄다.

"설마……."

"허허, 눈치가 참 빠른 친구야. 자네 같은 인재가 왜 배량춘이 같이 모자란 친구 아래에서 고생했는지 알 수가 없구먼."

위종이 빙그레 웃으면서 말을 이었다.

"우리는 백리 대협을 지지하고, 백리 대협은 우리 오대독문이 운남의 약문을 집어삼키는 걸 용인한다. 그게 우리의 거래였지. 그런데 무림총연맹 내부에서 우리의 거래를 캐는 놈들이 나오기 시작했단 말이야."

망료가 저도 모르게 중얼거렸다.

"안 돼……."

위종은 망료의 혼잣말을 별 뜻 없이 흘려넘기며 말을 계속했다.

"그런 상황에서 우리의 거래를 버젓이 증명할 증인들이 대거 살아 있으면 어떻게 되겠나. 하여 백리 대협과 나는 오랜 논의 끝에 동일한 결론에 도달했네."

위종이 손가락으로 찻잔 안의 찻물을 찍어 탁자에 두 글자를 썼다.

소거(掃去)

두 글자를 본 망료의 얼굴이 점점 일그러지기 시작했다.

위종이 가흑을 보며 말했다.

"이런 중요한 일에 내가 오지 않고 전서구 한 장 달랑 보내서 지시를 하면 그건 사람의 도리가 아니지. 운남 독문을 위해 애써 준 석림방의 노고와 피해 보상 문제도 해결해야 하고. 안 그런가?"

석림방 방주 가흑이 고개를 살짝 숙였다.

"저야 그저 곡주께서 그런 사소한 데까지 신경 써 주시니 감사할 따름입니다."

"아닐세, 아니야. 비록 다섯에서 넷이 되었지만, 이 험한 세상에서 우리끼리라도 돕고 살아야지. 우리 가 방주와 나의 인연이 어디 보통 인연인가?"

"송구합니다."

망료는 하마터면 입에서 욕이 튀어나올 뻔했다.

육갑하고 있네!

그러나 그렇게 막무가내로 굴 수 없는 상황이었다. 방금 위종이 '석림방의 피해 보상'이라는 말을 입에 담았기 때문이다.

그 말의 의미란.

"위 곡……!"

망료가 막 위종을 부르려 할 때였다.

우르르릉.

커다란 진동에 방이 흔들렸다. 목발을 짚고 있는 망료가 휘청거릴 정도였다.

위종이 크게 웃었다.

"내가 좀 성격이 급하네. 껄껄껄!"

*   *   *

진자강은 갱도 안에서 배식을 시작했다.

첫 포로가 밥을 받기 위해 다가왔다. 깡마른 체구의 청년이었는데, 진자강과 눈이 마주치자 조금 두려운 얼굴로 눈짓을 했다.

밥을 건네주면서 청년이 진자강의 손에 날카로운 돌조각

을 쥐여 주었다.

진자강은 심호흡을 하고 새끼손가락에 독을 끌어 올렸다. 날카로운 돌조각으로 손톱 부근을 베어 독액을 뽑아, 돌조각에 묻혔다.

그리고 다음번 포로에게 배식을 할 때 독을 묻힌 돌조각을 건네고 새로운 돌조각을 받았다. 그런 식으로 계속해서 독을 바른 무기를 만들었다.

포로들이 건네는 것들에는 돌조각뿐 아니라 짧은 꼬챙이나 작은 쇳조각 같은 것도 있었다.

윤익과 공가복을 비롯한 백화절곡의 식구들도 진자강에게 독을 바른 무기를 받아 갔다.

한데 계속 배식을 하던 중, 진자강은 이상한 낌새를 느꼈다. 어느샌가 주변의 간수들이 사라진 것이다. 기분이 이상해져서 돌아보니 간수들이 입구 쪽으로 한데 모이고 있었다.

갱도 아래쪽을 지키던 간수들까지 다 올라오는 중이었다.

밥을 먹기 위해서는 아니었다. 보통은 배식이 다 끝나고 포로들을 다시 갱도로 내려보낸 후 간수들의 식사 시간이 있었던 것이다.

게다가 간수들이 뭔가 얘기를 나누면서 힐끔힐끔 포로들 쪽을 쳐다보는 게 아무래도 수상쩍었다.

'뭔가 잘못됐어!'

진자강은 급히 윤익을 쳐다보았다.

윤익도 돌아가는 양상이 이상해지고 있다는 걸 느끼고 있었던 듯, 눈에 다급함이 깃들었다.

다른 포로들도 빠르게 눈짓을 주고받았다. 독을 바른 무기는 반도 지급되지 못했지만 더 나눠 줄 상황이 아니었다.

진자강은 무기는 포기하고 밥만 재빨리 나눠 주었다.

그러곤 손에 날카로운 돌조각 하나를 숨겨 쥐고 아이들과 함께 간수들 쪽으로 걸어갔다.

"배식 끝났는데요."

"뭐?"

간수들이 서로 쳐다보며 허둥댔다.

"애들은 어쩌지?"

"몰라. 애들에 대한 얘기는 없었어."

"그렇다고 그냥 두면……."

"제기랄, 갑자기 이래 버리면 우리더러 어쩌라는 거야?"

진자강은 등골이 오싹해졌다.

'위험해!'

왠지 몰라도 일이 생겼다!

진자강은 무슨 일인지 관심도 없이 멀뚱하게 서 있는 단산촌의 두 아이들에게 조그맣게 말해 주었다.

"내가 가라고 하면 너희들 무조건 뛰어서 달아나. 집까지 쉬지 않고 달려가야 해. 알았지?"

하지만 단산촌의 두 아이들은 진자강만큼 눈치가 빠르지 않았다. 코흘리개 남자아이 한 명이 알쏭달쏭해하는 눈으로 진자강을 쳐다보기만 했다.

진자강이 다시 목소리를 낮춰 말했다.

"무슨 말인지 몰라? 내가 얘기하면……."

남자아이가 전혀 조심성 없이 물었다.

"왜 우리가 달아나야 돼?"

남자아이의 목소리는 우렁차지 않았지만 충분히 컸다. 바로 앞에 있는 간수들도 모두 들을 수 있을 정도로.

간수들이 모두 진자강을 쳐다보았다.

진자강은 얼어붙었다.

덩치 큰 간수 한 명이 칼자루를 쥐고 진자강에게 다가왔다.

"너 임마, 지금 그게 무슨 말이야. 엉?"

그 순간 진자강은 움직여야 한다는 걸 깨달았다.

진자강은 몸을 낮추어 간수의 정강이를 돌조각으로 그었다. 깨져서 예리해진 돌의 끄트머리에 덩치 큰 간수의 정강이가 베였다. 간수가 화를 내며 진자강의 배를 걷어찼다.

"뭐하는 거야!"

퍼억!

가뜩이나 몸이 가벼운 진자강은 거의 공중에 뜨다시피 날아갔다.

"흡!"

쿠당탕.

아직 포로들은 움직이지 않았다.

덩치 큰 간수는 씩씩대며 걸어가 진자강의 멱살을 움켜쥐었다.

"이 한 줌도 안 되는 놈이……."

그러나 간수는 진자강을 들어 올리지 못했다.

"……어?"

덩치 큰 간수의 눈동자가 흔들리기 시작했다. 몸을 휘청거리더니 서 있지 못하고 엉덩방아를 찧었다.

"어어어?"

정강이가 퉁퉁 붓더니 간수는 간질 발작을 하듯이 마구 몸을 떨어 댔다.

"으, 으아아아!"

진자강이 몸을 일으키며 소리쳤다.

"모두 지금이에요!"

포로들은 더 이상 눈치를 보지 않고 한꺼번에 움직였다.

"이야아아아!"

"다 죽여!"

"죽여 버려!"

놀란 간수들이 무기를 뽑아 들었다.

"반란이다!"

"놈들이 탈출하지 못하게 막아!"

하지만 포로들은 물러서지 않았다. 간수들의 칼질에 앞선 포로들 몇몇이 피를 뿌리며 쓰러졌다.

"으악!"

"으아악!"

족쇄를 차고 있어서 움직임은 느렸지만 포로들은 목숨을 걸고 싸웠다. 포로들이 앞서 쓰러진 포로들을 넘어서서 예리한 돌조각과 쇠를 휘둘렀다.

간수들은 평소와 달리 손발이 어지러웠다. 뭔가에 쫓기듯 마음이 급해져 있어서 포로들의 공격을 허용하고 있었다. 살짝이나마 상처를 입은 간수들은 곧바로 중독되었다. 금세 팔다리를 가누지 못하고 몸이 마비되어 쓰러졌다.

"끅. 끄윽."

쓰러진 간수들이 발작을 일으키며 죽어 갔다.

그저 스치기만 했는데.

"이, 이게 뭐야!"

간수들이 놀라서 움츠러들었다. 대응이 소극적으로 변하며 뒤로 밀리기 시작했다. 간수들은 칼질을 해도 포로들을 한 번에 죽이기 힘든데 포로들의 공격에는 닿으면 그냥 죽는 것이다.

포로들 중 몇 명은 아예 멀리서 돌을 던지기도 했다. 상처만 내면 죽일 수 있을 정도의 극독인 걸 안 탓이다.

게다가 쓰러진 간수들의 무기까지 빼앗기 시작하면서 상황은 급변하기 시작했다.

"독! 놈들이 독을 쓴다!"

그러자 간수들의 얼굴이 새하얘졌다. 간수들은 등을 돌리고 달아났다.

상황이 포로들에게 유리해지자 공가복이 진자강에게 와 부축해 주었다.

"괜찮으냐?"

맞아서 아픈 건 익숙한 진자강이다.

하지만 진자강은 다른 것 때문에 더 불안했다. 아까부터 간수들의 태도가 계속 찜찜했다.

"이상해요, 뭔가 이상해."

진자강의 말을 공가복은 잘못 이해했다.

"아마도 석림방 놈들이 우리 계획을 눈치챘는가 보구나. 몸이 괜찮으면 어서 일어서거라. 빨리 달아나야……."

그때였다.

우르르릉.

갑자기 멀리에서 굉음이 들려온다 싶더니 커다란 진동이 있었다.

서 있던 이들이 다 휘청거릴 정도였다.

"으아앗!"

"지, 지진이야!"

우수수수.

갱도의 천장에서 돌조각과 돌가루들이 떨어졌다.

포로들은 몸을 낮추며 머리를 보호했는데, 그 와중에도 간수들이 달아나는 모습이 보였다.

"안 돼! 놈들을 놓치지 마라!"

포로들은 필사적으로 간수들을 쫓았다. 진자강도 일어나서 포로들을 뒤따랐다. 포로들은 족쇄 때문에 속도가 늦어 달아나는 간수들과는 금세 거리가 벌어졌다.

그래도 계속 달릴 수밖에 없는 입장이었다. 진자강도 불편한 다리로 죽어라 뛰었다.

간수들과 포로들의 거리가 점점 벌어지는 가운데 멀리에 새하얀 빛이 들어오는 입구가 보였다.

한데 그 입구 쪽에 간수들과는 다른 일단의 무리가 더 있었다. 포로들은 이를 악물었다. 어차피 멈출 수 없으니 그대로 뚫고 갈 수밖에 없었다.

앞서 달리던 간수들은 무기까지 내던지고 마구 팔을 휘

젓고 있었다.

"우리 아직 여기 있어!"

"기다려 줘!"

입구 밖에 있는 또 다른 무리의 무사들은 잠시 갈등하는 듯 보였다. 그러나 포로들이 잔뜩 몰려오는 걸 보더니 순식간에 입구에서 사라져 버렸다.

간수들이 필사적으로 외쳤다.

"안— 돼!"

그리고 그 직후, 진자강은 천지가 둘로 갈라지는 듯한 웅대한 폭발음을 들었다.

쿠— 웅!

온몸이 북처럼 울리는 듯한 거대한 울림이 이어졌다.

콰쾅! 콰콰콰쾅!

달리던 이들이 제대로 모두 바닥에 자빠질 정도로 엄청난 충격이 왔다.

앞서 달리고 있던 간수들은 달리다가 말고 바닥을 굴렀다. 그러면서도 앞으로 계속 나아가려고 했다.

그런 그들의 머리 위로 시커먼 덩어리들이 떨어지기 시작했다.

쿠쿠쿠쿵.

"으아아아아!"

간수들은 몸보다도 더 큰 바위들에 깔렸다.

포로들은 경악했다.

갱도의 입구가 무너지고 있었다!

"뒤로 돌아가야 돼!"

앞으로 달려 나가던 것과 반대로 포로들은 허겁지겁 뒤로 되돌아갔다.

쿠르릉.

사방이 무너지고 균열이 난 천장에서 돌이 떨어졌다.

와르르르.

"으아아!"

포로들 중 몇몇은 떨어지는 돌에 머리를 맞아 머리가 깨지기도 했다. 진자강도 머리를 감싸고 다시 갱도 쪽으로 되돌아 달렸다.

이곳 한 곳의 갱도에서만 일어난 일이 아닌 듯, 순차적으로 폭발음과 진동이 찾아왔다. 비교적 가까운 거리에서 들려온 소리도 있었고 멀리에서 들려온 듯한 소리도 있었다.

폭발은 한동안 이어지다가 언제 그랬냐는 듯 가라앉았다.

포로들은 걸음을 멈추고 가쁜 숨을 몰아쉬었다.

"콜록, 콜록."

"헉, 헉!"

부스스스.

돌 부스러기와 먼지가 갱도에 가득 차 뿌옜다.

그제야 정신이 돌아온 포로들이 입구 쪽을 쳐다보았다.

"입구가······."

어마어마한 양의 돌무더기들이 입구 쪽 갱도에 들어차 있었다.

"······막혔어."

포로들이 허겁지겁 달려가 돌을 치워 보았지만 갱도는 완전히 무너져 있었다.

망연자실.

포로들은 자리에 털썩 주저앉아 버렸다.

진자강도 막힌 입구로 가 보았지만 진자강의 힘으로는 어쩔 수 있는 게 아니었다.

"어떻게 이런 일이······."

왜 이런 일이 벌어졌는지 전혀 예측할 수도, 이해할 수도 없었다. 다만 확실한 건 이것은 절대로 자연적인 지진이 아니었다. 수없이 터져 나왔던 폭발음이 그것을 뒷받침했다.

누군가 고의로 갱도를 매몰시킨 것이다.

"무서워······."

"으아앙."

무심코 들려온 울음소리에 돌아보니 단산촌의 두 아이들이었다. 아이들은 구석에 쪼그리고 있었다. 그 아이들마저 갇혀 버린 것이다.

진자강은 막막해져서 팔다리에서 힘이 쭉 빠졌다.

그렇게 힘들게 이곳까지 왔는데 그 마지막에 이런 꼴로 갱도에 갇히게 되다니……

*   *   *

망료는 더 이상 위종도 개의치 않았다. 뒤도 돌아보지 않고 방을 뛰쳐나왔다.

내공을 극대로 끌어 올렸다.

목발로 바닥을 찍을 때마다 몸이 쭉쭉 앞으로 나아갔다. 별다른 신법도 없이 오로지 내공만으로 가속을 붙이고 있는 것이다.

광산으로 향하는 중에도 폭발음은 끊임없이 들려왔다.

우르르르, 콰쾅!

온 산이 진동을 하고 있었다. 석림방이 약문의 포로들이 있는 모든 갱도를 매몰시키고 있는 중이다.

망료는 미친 듯이 날아 자기가 맡고 있는 광산 앞까지 왔다.

꽈르르릉.

마치 산사태처럼 광산의 입구가 무너져 내리고 있었다. 입구를 폭발시킨 무사들이 멀찍이 서서 그 광경을 보고 있었다.

망료는 머릿속이 새하얘졌다.

"크아아아아!"

망료가 괴성을 질렀다. 무사들이 놀라서 뒤를 돌아보았다.

망료의 목소리는 거의 절규에 가까웠다.

"놈은 내 손으로 죽여야 해! 내 손으로!"

진자강을 얼마나 힘들게 이곳까지 유인했는데.

지금까지 버텨 온 게 다 무엇 때문이었는데!

그 모든 것이 자신이 아닌 타인의 결정으로 뭉개지고 말았다.

망료는 목발까지 내던지고 손의 힘만으로 무너진 입구까지 달려갔다.

돌을 마구 손으로 헤집고 커다란 돌은 장력으로 때려 잘게 부수었다. 하지만 그래 봐야 다시 위에서 흙과 바위가 흘러내려 빈자리를 메울 뿐, 돌은 좀처럼 치워지지 않았다.

"크아아아—!"

망료의 포효가 다른 갱도의 폭발음과 함께 온 산을 울렸다.

第八章

긴 죽음

흙과 바위로 꽉 막힌 갱도.

갱도의 입구 쪽은 돌가루들로 매캐했다. 숨만 쉬고 있어
도 입에서 깔깔한 가루가 씹힐 정도였다.

다행히도 아직 갱도는 어둡지 않았다. 벽 곳곳에 걸린 횃
불이 남아 있었다. 만약 어둠까지 있었다면 살아남은 사람
들은 미쳐 버렸을지도 모른다.

잠시간 적막이 흘렀다.

훌쩍거리는 단산촌의 두 아이들 울음소리만 간혹 갱도를
흐를 뿐이었다.

그런데 그 긴 적막을 깨고 누군가 외쳤다.

"여기 간수 놈이 있다!"

살아남은 포로들의 눈이 치켜떠졌다.

전부 소리가 들려온 쪽으로 몰려갔다. 간수 한 명이 머리가 깨진 채로 벌벌 떨면서 눈을 굴리고 있었다.

"사, 살려 줘."

성난 포로들이 간수에게 다가가자 간수가 울면서 소리쳤다.

"내 탓이 아냐! 우리들도 좀 전에야 명령을 들은 거야! 우리도 갇혔잖아!"

윤익이 다가갔다. 이번 탈출 계획을 세우면서 윤익은 자연스레 대장 역할을 하게 되었기 때문에 포로들이 비켜서 주었다.

"뭘 들었지? 대답해!"

"독곡에서 사람이 왔다고. 우릴 노리는 놈들이 있어서 광산을 다 폐쇄시켜야 한다고 했어."

"이이이…… 인간 같지도 않은 놈들이!"

간수를 둘러싼 포로들이 주먹을 말아 쥐자 간수가 울부짖었다.

"나는 그저 시키는 대로 했을 뿐이야! 어쩔 수 없었어!"

윤익이 이를 악물고 물었다.

"너희들을 노린다는 건 누구냐?"

"모, 몰라."

"대답해!"

"나는 말단이라 몰라! 그냥 무림총연맹과 관계가 있다고만 들었어. 제, 제발 살려 줘……."

"이이이……."

하기야 이런 말단 간수가 뭘 알겠는가.

억울하고 화가 나고 분할지언정 더 다그쳐 봐야 소용이 없을 터였다.

포로들이 모두 간수를 노려보고 있는데, 갑자기 간수의 얼굴에 시커먼 그림자가 드리워졌다.

무심코 위를 올려다본 간수의 눈이 휘둥그레졌다.

털북숭이 사내가 간수의 뒤에서 머리통만 한 돌을 치켜들고 있었던 것이다.

"안……!"

털북숭이 사내는 이를 악물고 돌을 내리쳤다.

퍽!

진득한 피가 사방으로 튀었다. 간수는 더 이상 말을 할 수 없는 몸이 되어 모로 넘어갔다.

포로들이 간수를, 그리고 털북숭이 사내를 번갈아 쳐다보았다.

털북숭이 사내가 피 묻은 돌을 들고 말했다.

"우리 보삼문(補三門)은 석림방 놈들에게 고문을 당해 모두 죽고 나 혼자 살아남았소. 만일 여기 있는 동도들이 내 행동이 과하다 생각한다면 이 돌로 나를 쳐 죽여도 원망하지 않겠소."

포로들은 씁쓸한 얼굴로 고개를 저었다.

이 중에 독문에 가족과 문파를 잃지 않은 사람이 어디 있겠는가. 털북숭이 사내의 마음을 모두가 이해할 수 있었다.

그러나 간수를 죽여 봐야 상황은 아무것도 달라지지 않았다. 그저 기분만 좀 나아졌을 뿐.

무거운 침묵만이 가라앉은 가운데, 포로들 중 나이가 어린 청년이 떨리는 목소리로 말을 했다.

"우리…… 이제 어쩌죠?"

하지만 그 말에 대답해 줄 수 있는 이는 아무도 없었다.

＊　　　＊　　　＊

"횃불부터 모읍시다."

누군가의 제안으로 갱도 안의 사람들은 우선 횃불부터 한자리로 모았다. 언제까지 갱도에 있어야 할지 모르니 횃불을 아껴야 했다.

횃불을 모두 수거하자, 포로들은 한자리에 모였다.

윤익이 자연스레 의제를 꺼냈다.

"가장 중요한 것은 먹을 것과 식수입니다. 얼마 되지 않지만 밥과 식수를 다 모아서 나누도록 해 보지요."

모두가 서로를 쳐다보다가 어두운 얼굴을 했다.

먹을 거라고는 아까까지 배식 중이었던 밥 한 덩이씩이 전부였다. 식수가 구비되어 있기는 하지만 그것도 고작 이틀 치 정도뿐이었다.

이 갱도에 오기 전에는 고문을 받았고, 갱도에 온 후로는 거의 죽지 않을 정도로만 먹을 것을 공급받으며 광석을 캤다.

때문에 대부분은 체력이 바닥까지 떨어져 있었고 심하게 굶주려 있었다. 이 상태로 먹을 것이 떨어진다면 사흘을 견디기도 어려울 이들이 많았다.

"곡괭이는 있으니까 뭔가 해 볼 여지는 있을 겁니다. 입구가 얼마나 막혔는지 아시는 분 있습니까?"

그건 진자강이 대답할 수 있었다.

"제 걸음으로 여기서 입구까지 사오십 걸음 남짓 될 거예요."

생각보다 두껍게 막혔다. 윤익이 사람들을 둘러보며 물었다.

"입구까지 길을 뚫을 수 있겠습니까?"

나이가 지긋한 노인 한 명이 나섰다.

"뚫고 나가려 해도 위에서부터 계속 흙이 흘러내릴걸세. 저 아래 작업 현장에서 도구를 가져와 지보공(支保工)을 세워야 하네. 굴의 너비는 최소한으로 해야 하고. 보름이면 얼추 입구까지 나갈 수 있을 걸세."

"으음."

사람들의 입에서 신음이 흘러나왔다.

먹을 것, 마실 것도 없이 보름 동안 살아남을 수 있을까.

저 막힌 입구를 뚫고 나간다 해도 석림방의 영역을 무사히 벗어날 수 있을까.

그러나 달리 방법이 없었다.

"어르신 말씀대로 아래 갱도에서 도구와 통나무, 널빤지를 가져와야겠습니다. 서로 번갈아 쉬며 밤낮없이 굴을 판다면 좀 더 시간을 당길 수 있을 겁니다."

윤익이 사람들에게 기운을 북돋아 주었다.

"힘냅시다! 우린 여길 벗어날 수 있습니다."

사람들의 얼굴에는 그늘이 져 있었지만, 더 이상 물러설 곳이 없다는 절박함이 가득했다.

"해 봅시다!"

"반드시 살아 나갑시다!"

사람들이 우르르 아래 갱도로 내려가 필요한 것들을 나

르기 시작했다.

*　　　*　　　*

시간이 곧 목숨 줄이었으므로 사람들은 시간을 허비하지 않았다. 아래 갱도에서 곡괭이 등의 도구를 들고 오고, 통나무와 널빤지를 가져왔다.

서로 인원을 나눠 두 명은 곡괭이와 삽으로 앞을 파고, 세 명은 뒤에서 까뀌로 지보공의 귀를 깎아 맞췄다. 앞에서 길을 내면 널빤지를 천장에 대고 지보공으로 기둥을 세워 무너지지 않도록 위를 받치는 식으로 작업이 순서대로 이루어졌다.

깡! 까앙!

바위를 깨고 삽으로 흙을 퍼내는 작업이 계속되었다. 진자강도 퍼낸 흙을 뒤쪽으로 옮기는 일을 도왔다.

빛이라고는 횃불밖에 없는 갱도였다.

시간이 얼마나 흐르는지 알 수 없었다. 일을 하다가 횃불 하나가 꺼지면 그것을 기준으로 뒷사람과 교대하고, 얼마 안 되는 식량을 나눠 먹었다.

그렇게 몇 번의 교대가 이루어졌을까.

제대로 먹지도 못하고 힘든 노동을 했기 때문에 사람들

은 점점 지쳐 갔다. 할 일을 제대로 나눠 맡은 까닭에 일의
진척은 빨랐지만 그만큼 빠르게 지쳐 갔다.

첫 탈락자는 홍약파(紅藥派)의 나이 든 노인이었다.

여섯 번째 횃불을 갈았을 때였다. 노인은 다른 이들이 쉬
라고 권유했음에도 불구하고 끝까지 통나무 나르는 일을
돕다가 도중에 쓰러졌다.

"사람이 쓰러졌다!"

여럿이 급히 노인에게 달려가 노인을 부축했다.

노인은 눈도 제대로 뜨지 못할 정도로 탈진해서는 바싹
마른 입술로 정신없이 중얼거렸다.

"물…… 물…….."

윤익은 사람들의 동의를 얻어 얼마 남지 않은 식수를 노
인의 입에 대 주었다. 노인은 식수통을 받아서 마시려다가
갑자기 입에 물이 닿는 순간 눈을 떴다.

노인은 잔뜩 갈라진 목소리로 윤익에게 물었다.

"물 남은 게…….."

"두 통 남았습니다."

노인은 자신을 보고 있는 수많은 사람들을 둘러보았다.
남은 사람들은 시커먼 흙먼지를 뒤집어쓰고 두 눈이 퀭한
채, 갈라진 입술로 마른침을 삼키고 있었다.

꿀꺽.

갈증이 나는 건 그들도 마찬가지일 터였다.

노인은 수통을 가만히 내려다보더니 입을 다물었다. 그러더니 힘겹게 고개를 저었다.

"나, 난 됐네."

"어르신."

"나는 어차피 살아 봐야 도움이 안 돼…… 남은 건 자네들의 몫일세……."

노인은 바싹 마른 입술로 희미하게 웃었다.

"날…… 놔 주시게."

사람들이 어쩔 수 없이 노인을 놓아 주자, 노인은 스스로 천천히 기어가기 시작했다.

할 수 있는 한 최대로 기어서 구석으로 가는 것이다. 남들에게 방해가 되지 않도록.

사람들이 울컥하는 심정으로 그 모습을 보고 있자니 노인이 갈라진 목소리로 꾸짖었다.

"뭣들 하는 거야! 시간을 아끼게! 내가 나 죽는 거 구경하라고 이러는 줄 아는가!"

노인의 목소리에는 고통이 잔뜩 배어 있어서 그 목소리를 듣는 사람들에게까지 전해졌다.

몇몇 이들이 서로 눈빛을 주고받았다.

그러더니 그중 몇몇이 스스로 이탈을 선언했다.

"나도 더는…… 무리일 것 같소."

"미안하오. 뒤를 부탁하오."

"흑흑…… 나, 나도 포기하겠소."

어떤 이는 울먹였다. 삽조차 들지 못할 정도로 지친 탓에 일행에 도움이 되지 않는다는 걸 자신들도 너무 잘 알고 있었던 것이다.

차라리 입 하나라도 더 줄여야 남은 이들이 살 확률이 높아진다.

스스로 먹지도 마시지도 않고 죽음을 선택하는 것.

그것은 결코 쉬운 일이 아니었다. 때문에 남은 사람들의 표정은 더욱 어두워졌다.

그들은 최대한 사람들의 눈에 띄지 않는 구석으로 모였다. 거의 움직이기 힘들 지경까지 지쳐 있었기 때문에 기어서 구석까지 가는 데에도 굉장히 오랜 시간이 걸렸다. 몇몇은 기어가다 말고 지쳐 혼절하기까지 했다.

그들이 할 수 있는 거라고는 그저 그렇게 죽어 가는 것뿐이었다.

쌔액, 쌔액.

그들의 입에서는 거친 숨소리와 작은 흐느낌만이 새어 나왔다.

그들의 희생이 남은 사람들에게 가슴 먹먹한 감정과 동

시에 충격을 주었다.

여기에서 탈출하지 못하면 자신들 역시 그렇게 될 거라는 건 너무나 명확한 일이었다. 저들은 그저 자신들보다 조금 더 빨리 죽어 가고 있을 뿐인 것이다.

대부분의 사람들이 갇히기 이전부터 기아에 시달렸던 걸 생각하면 오래 버티기는 어려울 터였다.

단산촌의 두 아이 역시 기아를 면하지 못했다. 아이들은 극한 상황에서 훨씬 빠르게 탈진했다.

"배고파……."

"엄마, 보고 싶어."

두 아이는 울다가 지쳐 쓰러져 있었다.

이제 남은 건 밥 한 덩어리뿐. 그나마도 다 쉰밥이다.

윤익은 아이들을 한참 보다가 아이들에게 밥을 쪼개 주었다. 그리고 일부는 진자강에게도 주었다.

진자강은 고개를 저었다. 윤익이 다시 권했다.

"넌 이제까지 밥을 한 입도 안 먹었잖으냐."

"전 충분히 먹고 있어요."

"정말 괜찮은 거냐?"

"네. 전 괜찮아요. 다른 분들이 걱정이죠."

진자강은 처음엔 굴 파는 일을 도왔지만 어차피 어린아이의 힘으로는 한계가 있었다.

하지만 두 손 놓고 가만히 있을 수는 없었다. 진자강은 다른 이들의 손에 자신의 운명을 맡겨 두고 가만히 있는 아이가 아니었다.

진자강은 생각 끝에 다른 방식으로 일을 돕기로 했다.

현재 가장 중요한 건 역시나 식량이다. 하여 먹을 걸 찾아 갱도를 돌아다녔던 것이다.

이 갱도는 자연적으로 형성된 공동(空洞)을 기반으로 갱도를 만들었기 때문에, 간혹 이름 모를 식물들이나 이끼가 자라 있었고 어디선가 흘러내린 물이 고여 있기도 했다.

진자강은 그것을 먹어 보았다. 먹을 수 있는지 없는지는 자신이 먹어 보는 게 가장 빠르다.

하지만 이내 지독한 복통이 찾아왔다.

여기 있는 사람들은 약문의 일파다. 그들은 갱도에 있는 식물과 물에 대해 잘 알았다. 때문에 진자강이 갱도에 있는 걸 먹었다고 하자 대부분 어이가 없어 했다.

"석림방은 광물에서 채취한 독을 이용하는 문파다. 우리들이 갱도에서 채취하고 있던 건 독이 든 광물이야."

독이 든 광물이 함유된 지대에서 자라는 풀이나 고인 물의 성분이 어떠하겠는가!

말하지 않아도 독이 잔뜩 포함되어 있을 터였다.

한데 진자강이 아파하면서도 그걸 먹고 버티고 있으

니······.

허기와 갈증을 참지 못한 한 명이 진자강처럼 이끼를 긁어 먹고 고인 물을 마셔 보았으나, 금세 위액과 피를 쏟아 냈다.

그 이후로, 진자강만이 유일하게 풀과 이끼를 먹고 독수(毒水)를 마시고 있었다.

때문에 좀 아플지언정 다른 이들처럼 배가 고파서 기운이 없거나 목이 마르지는 않았던 것이다.

진자강도 다른 이들을 돕고 싶었지만 방법이 없었다. 먹을 걸 찾아 줄 수도 없었고, 힘이 세서 굴을 파는 데 도움이 되는 것도 아니었다.

진자강은 혼자만 배부르게 버티고 있다는 사실에 자괴감이 들었다.

'내가 할 줄 아는 건 그냥 사람 죽이는 것뿐이었어.'

진자강이 가지고 있는 독은 이런 상황에서는 전혀 도움이 되지 않았다.

그저 마지막 순간에 고통을 덜어 줄 수 있을 뿐.

다시 횃불이 몇 차례나 교대되었을까.

입구까지 반 정도 남았다고 생각되었을 즈음이었다.

최악의 상황이 발생했다.

       *   *   *

쿠구궁.

"으아악!"

"뭐야!"

와그르르르—

사람들은 갑자기 들려온 비명 소리와 돌더미가 무너지는 소리에 깜짝 놀라 몰려들었다.

그러곤 절망했다.

기운이 없어 제대로 기둥을 세우지 못한 탓에 천장이 무너졌다.

애써 파 나가던 굴이 통째로 무너지고 만 것이다.

두 명이 매몰됐다.

그러나 그들을 구할 수 있는 기운을 가진 이들이 없었다.

"하, 하하."

털썩, 털썩.

사람들은 무릎을 꿇었다.

갱도 전체에 절망이 드리워졌다.

이미 먹을 것과 마실 것은 모두 떨어졌다. 다시 굴을 판다는 게 거의 불가능에 가까운 일이 되어 버리고 말았다.

아껴서 사용한 횃불도 이제 두어 개 정도 남았을 뿐이다.

"……."

모두가 침묵 속에서 한자리에 모였다.

사람들의 얼굴은 침통했다.

개중 몇몇은 코피를 흘리기까지 하고 있었다.

입구가 막혀서 갱도에서 캐는 광물의 독기운이 빠져나가지 못하고 갱도 안에 꽉 찬 탓이다. 기력이 없는 이들이 버티지 못하고 먼저 중독되는 건 당연한 수순이었다.

한동안 침묵을 지키던 중, 윤익이 갈라진 목소리로 말했다.

"이제…… 더 이상은 여력이 없습니다."

"아아……!"

원래부터 무너진 입구를 뚫을 수 있는 시간은 매우 부족했다. 입구를 다 뚫지 못하고 죽을 수도 있다는 걸 알면서도 시작한 일이었다.

그러나 그나마도 수포로 돌아가고 말았다.

마치 사형을 선고받은 듯한 기분이 들 수밖에 없었다. 이제는 선택의 여지도 없이 그저 죽어 갈 수밖에.

사람들이 진자강을 쳐다보았다.

부러움 반, 경이 반.

복잡한 감정이 섞인 눈빛들이었다.

그나마 가장 멀쩡한 건 진자강이지만, 진자강은 아직 어리다. 굴을 파고 지보공을 세울 힘이 부족했다.

진자강은 자기도 모르게 고개를 떨어뜨릴 수밖에 없었다.

"미안…… 합니다."

나이가 많은 노인 한 명이 진자강에게 다가와 손을 잡아주었다. 노인은 모래가 섞인 것처럼 말라서 깔깔한 목소리로 말했다.

"그게 무슨 소리냐. 네 잘못이 아닌데."

노인이 다른 사람들을 둘러보았다.

"아마도 우리 중에서 가장 오래 살 수 있는 사람은 이 아이일 것이네."

사람들은 노인을 쳐다보았다. 노인은 나오지도 않는 마른침을 삼키며 말을 이었다.

"노부는 상황곡(桑黃谷) 일파의 황모라고 하는 늙은이일세. 면목없게도 곡주였으나 곡의 식구들은 다 죽고 없는데 혼자서만 살아남은 몹쓸 노인네일세."

울음이 섞인 목소리였지만 눈물조차 말라 버려 나오지 않고 있었다.

"백화절곡이 허락한다면, 나는 이 아이에게 변변찮지만 우리 상황곡의 진전을 전수하고 싶네."

그것은 매우 놀라운, 하지만 한편으로는 놀랍지 않은 이야기였다. 최악의 상황이 되면 어떤 문파든 자파의 진전을 남기고 싶어 하는 것이다.

그 말을 가만히 듣고 있던 다른 약문 일파의 중년인도 한마디를 거들었다.

"저는 양잠파(養蠶派)의 광모입니다. 어르신의 말씀을 듣고 보니 저도 욕심이 납니다. 본 파에는 특별한 무공은 없으나 약과 독이 되는 누에를 치는 비법이 한 가지 있습니다. 그것만큼은 잊히게 두고 싶지 않군요."

그러자 서로 너도나도 나서서 진자강에게 진전을 전수하기를 원하기 시작했다.

윤익은 사람들의 마음을 알고 있었기에 차마 거부할 수 없었다. 누구라도 자신의 문파 진전을 소실시키고 싶지는 않을 것이다. 비록 문파가 이어지지 못한다 해도.

다른 노인도 설득을 위해 나섰다.

"우리가 죽는 건 기정사실이지만, 어떻게 죽을 것인가는 선택할 수 있게 해 주게."

윤익이 무거운 입을 열었다.

"여러분들의 마음은 압니다만 그건…… 제가 결정할 수 없는 일입니다."

모두의 시선이 진자강에게로 쏠렸다.

진자강은 복잡한 심정에 휩싸였다.

어째서, 어째서 일이 이렇게 되어 버렸단 말인가!

백화절곡의 식구들을 살리고자 왔을 뿐인데, 오히려 모두가 죽어 가는 모습을 지켜봐야 하는 꼴이 되고 말았다.

진자강도 지쳤다.

이쯤에서 삶을 정리하고 싶은 생각이 없는 건 아니다.

그러나 저들이 마지막 가는 길에 보이는 저 간절함을 외면할 수가 없었다.

진자강은 천천히 고개를 끄덕였다.

윤익이 진자강에게 물었다.

"저분들의 뜻을…… 받아들인다는 의미를 알고 있느냐?"

이미 약왕문의 용명으로부터도 같은 말을 들은 적이 있다.

진자강은 다시 한 번 고개를 끄덕였다.

"제가 스스로 죽고 싶어도, 죽을 수 없게 된다는 건 알고 있어요."

다른 이들의 삶을, 문파의 진전을 모두 짊어지고 살아야 한다. 모두가 다 죽어서 혼자만 남더라도 언제까지고.

상황이 도저히 어쩔 수 없이 진자강을 죽음으로 몰아넣을 때까지.

다른 이들이 진자강에게 문파의 진전을 전하고 가벼운

마음으로 죽어 갈 때와 달리 진자강은 죽는 순간에 여기 있는 이들이 주고 간 무게만큼 무거운 마음의 짐을 안고 죽게 될 것이다.

윤익은 그것을 걱정했다. 어린 진자강이 그 같은 마음의 부담감을 견딜 수 있을까?

하지만 진자강은 윤익의 생각만큼 약하지 않았다.

결정을 내린 순간, 망설임은 이미 버렸다.

진자강은 자신을 바라보는 눈들을 향해 말했다.

"저는 여기서 죽지 않아요. 살아 나갈 거예요. 그리고 밖에 있는 저들에게 죄의 대가를 치르게 만들 거예요."

살아남은 이들은 진자강의 말을 믿지 않았다. 하지만 진자강이 그러기를, 성공할 수 있기를 바라 마지않았다.

진자강은 이를 악물고 주먹을 꽉 쥐었다.

"저들에게 지옥을 보여 주겠어요. 반드시요!"

*　　　*　　　*

사람들에게 남은 시간은 많지 않았다.

대부분의 사람들이 굶은 지 꽤 되었다.

때문에 진자강에게 모두가 원하는 만큼의 진전을 전할 순 없었다.

반드시 전해야 할 것만을 골라야 했다.

어차피 죽음을 앞둔 상황이었다. 감추고 숨길 이유가 없었다.

사람들은 자신의 문파에서 가장 중요한 진전들을 하나씩, 혹은 둘씩을 꺼내어 남들 앞에 털어놓았다.

그중에서 정말 필요한 것만 골라 순서를 정해서 진자강에게 전수하였다.

내공심법은 물론이고 도법, 암기술, 보법 등 전수 내용은 다양했다. 대부분이 약문 일파인 만큼 자파만의 특수한 단약 제조법이라거나 조합법들도 상당했다.

다행히도 진자강의 습득력은 굉장히 놀라웠다. 한 번 들으면 거의 잊지 않아서 몇 번만 외면 내용을 모두 기억했다.

물론 그것은 진자강의 선천적인 능력이 아니었다.

망료가 몇 달을 쉬지 않고 먹인 총명탕.

그 총명탕으로 실험의 고통을 수백 배로 늘린 데 대한 대가로 얻어 낸 후천적인 능력이었다.

어찌 되었든 그것이 지금 상황에서는 오히려 많은 도움이 되고 있었다.

진자강은 전수 내용을 하나도 빼놓지 않기 위해 노력했다.

백화절곡의 윤익과 공가복에게는 미리 외워 둔 백화비경에 대해 설명을 들었고, 약왕문의 본초양공에 대해서도 조언을 들었다. 그간 무작정 외워 왔던 것들을 이제야 이해하게 된 것이다.

진자강은 잠도 줄이고 먹는 것도 줄였다. 여기 남은 사람들의 모든 시간을 합해도 진자강이 앞으로 살 시간보다 훨씬 적으므로……

*   *   *

망료는 근 보름을 무너진 광산 앞에서 떠나지 못하고 있었다.

누가 잘못 보면 무너진 광산에 피붙이라도 매몰된 것처럼 보였다.

오죽하면 석림방의 방주 가흑이 찾아오기까지 했지만 망료는 본 척도 하지 않았다.

단지 무너진 갱구(坑口)를 보며 계속 중얼거리고 있을 따름이었다.

"죽지 않았어. 네놈은 죽을 수가 없어. 내가 죽이기 전에는 죽을 놈이 아니야. 그렇지?"

가흑은 괜히 오싹해졌다.

"엄청나게 집착하는군. 보물이라도 숨겨 놨나?"

가흑이 광산 근처를 지키고 있는 무사들에게 명령했다.

"딴짓 못 하도록 감시해. 괜히 인부라도 써서 파헤치겠다고 하면 우리 입장이 곤란하단 말이지. 보상까지 다 받은 마당인데."

"그럴 것 같지는 않습니다."

"응? 왜?"

"절대로 자리를 비우지 않습니다. 밥도 저희가 가져다주고 용변도 그 자리에서 봅니다."

가흑이 못마땅한 인상으로 투덜거렸다.

"거 언제까지 남의 문파에 빌붙어서 인력 낭비만 시킬 셈인지, 에잉."

                    *   *   *

최초의 죽음은 단산촌의 아이였다.

계속 엄마를 찾으면서 운 까닭에 아이들은 오히려 나이 많은 노인들보다 빠르게 탈진해 있었다. 아이는 말라 터진 입술로 쉬지 않고 엄마를 불렀다.

"어, 엄마…… 엄…… 마……."

아이가 긴 시간 동안 너무나 고통스러워하고 있었기에

진자강은 결국 결정하고 말았다.

아이에게 편안한 죽음을 선사하기로 한 것이다.

얼마 남지 않은 단전의 독기를 끌어내어 아이에게 먹였다. 고통스러워하지 않도록 평소보다 많은 양을 썼다.

아이는 그것이 물인 줄 알고 혀로 핥다가 짧은 발작과 함께 죽어 갔다.

진자강의 극독에 아이의 여윈 몸은 채 일각조차 버티지 못했다.

진자강은 죽어 가던 아이의 죽음을 가슴에 새겼다. 아이를 전송하던 아이 엄마의 모습이 눈에 선했다.

단산촌의 두 번째 아이는 배고픔이 고통스러운 나머지 자기의 팔까지 뜯어 먹으려 했다. 진자강이 아이를 붙들고 보니 이미 아이의 눈은 흐리멍덩해져 있었다.

진자강이 독을 먹이자 아이는 마른 눈물을 흘리며 죽어 갔다.

그렇게 단산촌의 두 아이를 진자강은 가슴에 묻었다.

그때를 기점으로 사망한 사람들이 하나둘씩 늘었다.

조금씩 기력을 잃어가며 고통스러워하다가 숨만 겨우 쉬는 상태로 혼수상태가 되어 어느 순간에 죽는 것이다. 죽는 순간을 확인하기도 어려울 만큼 마지막 순간에는 조용히 죽어 갔다.

굶어 죽은 사망자들이었기 때문에 시체는 매우 가벼웠다. 진자강이 혼자 어른의 시체를 옮길 수 있을 정도였다. 그것조차 가슴 아픈 일이었다.

애초부터 고문에 시달리던 이들이었기 때문에 한번 죽음이 찾아오니 걷잡을 수가 없게 되어, 사망자는 급속도로 늘어갔다.

아사는 극한의 고통을 지속적으로 동반하는 죽음이었다. 정신을 잃기 전까지 사람들은 매우 힘들어했다.

때문에 진자강에게 전수를 마친 이들은 진자강에게 죽음을 부탁했다.

진자강은 그들의 요청을 마다하지 않기로 했다. 독기를 써서 사람들이 조금이라도 편안하게 죽을 수 있다면 그게 진자강이 할 수 있는 일일 것이다.

진자강은 고통스러워하는 사람들이 편히 죽을 수 있도록 인도했다.

그리고 매일을 시체들 틈에서 자고, 시체들 틈에서 일어났다.

죽음이 일상을 뒤덮고 있었다.

그런 상황에서 진자강이 선사하는 죽음은 그리 대단한 것도 아니었다. 오히려 사람들에게는 축복과도 같은 일이었다.

진전을 전수하는 사람들은 숨 한 번 쉬는 시간까지 아끼며 최선을 다해 진자강에게 최대한 전수하려고 노력했다. 그들이 전수를 끝내고 진자강의 독에 의해 죽어 갈 때에는, 의외로 만족한 얼굴로 죽어 갔다.

아사의 고통보다 독으로 인한 고통이 더 짧은 탓이며, 최소한 문파의 진전을 남기고 죽을 수 있게 되었다는 안도감 때문이기도 했다.

하지만 그만큼 진자강의 마음에는 더 많은 빚이 쌓여 갔다.

윤익은 스스로 죽음을 선택한 몇 안 되는 이었다.

마지막 횃불이 꺼지고 나서 얼마 지나지 않아서 그에게도 죽음의 기운이 찾아왔다.

"자강아……."

"독을 드릴까요."

"아니. 나는 네게…… 부담을 주고 싶지 않구나."

윤익은 거친 손으로 진자강의 뺨을 어루만졌다.

"넌 살아 나가겠다고 했지만…… 혼자서 너무 힘들어지면…… 그땐…….."

아마도 진자강이 자살을 선택하더라도 괜찮다는 말을 하

려던 것일 터였다.

그러나 그게 윤익의 마지막 말이었다. 하고 싶었던 말을
다 맺지도 못하고 윤익은 혼수상태에 빠져서 이틀 만에 싸
늘한, 그리고 한없이 가벼운 주검이 되었다.

횃불이 모두 꺼져 갱도는 칠흑 같은 어둠만이 자리하게
되었다.

시간이 얼마나 지났는지 진자강은 조금도 알 수 없었다.
그저 살아남은 이에게 진전을 전해 듣고 그들에게 죽음을
돌려주고 하는 일이 반복될 뿐이었다.

진자강에게 마지막으로 진전을 전한 건, 간수를 돌로 때
려죽였던 보삼문의 털북숭이 사내였다.

第九章

수라의 탄생

　"……그렇게 뒤로 한 걸음을 내디디면…… 후반의 초식
은 끝난다. 우리 보삼문의 도법…… 잘 기억…… 했냐?"

　"네……."

　털북숭이 사내는 주변을 휘휘 둘러보았다. 그러나 불이
없으니 아무것도 보일 리가 없었다.

　"하도 굶어서 내가 눈이 멀었는지…… 아무것도 안 보이
는구나. 사람들의 소리도 들려오지 않고……."

　털북숭이 사내가 물었다.

　"내가…… 마지막이냐?"

　"네."

"흐흐. 뒤에 영감들 몇 분이…… 있었던 것 같은데."

"다들 먼저 가셨어요."

"흐흐흐, 성질도 급한 영감들이시구나."

털북숭이 사내는 희미하게 웃었다. 그러나 그것은 이내 쓸쓸한 웃음으로 변해 갔다.

털북숭이 사내 역시 자기에게 죽음이 바로 앞까지 다가와 있음을 알았다.

그러나 아직 떠날 순 없었다.

떠나기 전 마지막으로 진자강에게 해 줄 것이 있었다.

"할 말이 있다."

"말씀하세요."

"네…… 다리 말이다…… 좀 살펴보자."

"예."

털북숭이 사내는 진자강의 왼쪽 정강이를 만져 보았다.

"뼈가 비틀려 붙었구나. 어쩌면…… 내가 조금 나아지게 해……줄 수 있을지도 모른다."

"정말요?"

"도수정복(徒手整復)을…… 해 볼 수 있을 것 같다."

도수정복은 부러지거나 어긋난 뼈를 맞추는 일이다.

진자강은 망료가 부러뜨린 왼쪽 정강이뼈가 잘못 붙어 다리를 심하게 절었다. 이 상태로는 무공을 제대로 배울 수가 없다. 그래서 털북숭이 사내는 진자강의 정강이를 다시 부러뜨려 맞추어 볼 생각을 했던 것이다.

진자강은 오래 고민하지 않았다.

"하겠어요."

"너무 오래되어…… 완전히는…… 돌아갈 수 없을지 모른다."

"괜찮아요."

"나는 도수정복을 하고 나면 더 이상 널…… 돌봐줄 수 없을 거다……."

그 말의 의미를 진자강은 알아들었다. 털북숭이 사내에게 남은 시간이 거의 없다는 뜻이다.

진자강은 털북숭이 사내가 시킨 대로 옷을 벗어 돌돌 말아 입에 물었다.

"그럼……."

털북숭이 사내는 진자강의 다리를 만져 위치를 확인한 후, 곡괭이 자루를 들었다.

털북숭이 사내는 고문을 당하며 내공을 잃었고, 오랜 기아(飢餓)로 신체의 능력마저 밑바닥까지 떨어져 있었다. 그러나 그에게는 아직 일 푼의 선천진기(先天眞氣)가 남아 있었다.

내공만큼은 아니더라도 한칼 칠 힘은 끌어낼 수 있을 터였다.

털북숭이 사내는 모든 힘을 다해 정확하게 진자강의 잘 못 붙은 정강이 부분을 때렸다.

빠각!

진자강의 눈이 크게 떠졌다.

"으흑!"

이마에 식은땀이 송글 맺히고 몸을 덜덜 떨었다. 그러나 진자강은 겨우 낮은 신음만 내뱉었을 뿐이다.

고통을 참아 내는 건 진자강에게 이미 익숙한 일이다.

털북숭이 사내는 진자강의 부러진 정강이뼈를 얼추 다시 맞춰 주었다. 부러진 뼈와 뼛조각이 살을 찔러 부러뜨릴 때 보다 더 고통이 찾아왔다.

보통 아이 같으면 기절하고도 남았을 통증이었다.

하지만 진자강은 끝끝내 참아 냈다.

"훌륭…… 하구나."

털북숭이 사내는 이내 대자로 뻗어서는 크게 숨을 몰아 쉬었다.

진자강은 떨리는 손으로 자신의 다리에 곡괭이 자루를 부목으로 대고 옷으로 동여맸다.

"허억, 허억."

진자강이 참았던 숨을 토해 내고 나니 털북숭이 사내의

목소리가 매우 미약하게 들려온다.

"부탁…… 한……다."

진자강은 털북숭이 사내에게 기어가 독기를 끌어냈다. 이제 진자강이 갖고 있던 독기도 거의 바닥을 드러내고 있었다.

"미안…… 하다. 어린 네게…… 너무 많은 것을 맡겨서……."

독을 먹은 털북숭이 사내는 꿈틀대다가 곧 축 늘어졌다.

이제 진자강은 완전히 혼자가 되었다.

＊　　　＊　　　＊

어둠만이 있었다.

눈을 떠도, 눈을 감아도 오로지 어둠뿐이었다.

시간이 얼마나 흘렀는지 전혀 알 수 없었다.

아무런 소리도 들려오지 않는 완전한 적막.

숨소리라고는 오직 진자강의 것뿐이었다.

진자강은 부목을 댄 채, 갱도의 벽에 등을 기대고 있었다.

꼬르륵.

얼마나 오래 그러고 있었는지 몰랐지만 배가 고파 왔다.

진자강은 그제야 몸을 움직였다. 부목을 대어 걸을 수가 없었다. 진자강은 바닥을 더듬거리면서 천천히 앞으로 나아갔다.

차갑게 식은 누군가의 마른 손이 만져졌다. 진자강은 멈추지 않았다. 누군가의 몸을 넘고 때로는 막고 있는 팔다리를 치우며 계속해서 기어갔다.

횃불이 완전히 꺼지기 전의 기억을 더듬어 갱도를 뒤져 나갔다. 급격하게 아래로 꺾인 경사도 조심스럽게 내려갔다.

어느 정도 내려가다 보니 씨가 바람에라도 날려 들어온 것인지 해가 들지 않는데도 손가락 두 마디만 한 가녀린 풀들이 돋아나 있었다. 마치 솜털처럼 풀들이 진자강의 손에 스치고 지나가는 감각이 느껴졌다.

진자강은 풀의 윗부분만 조심스레 뜯어서 입에 넣고 씹었다.

얼마나 이곳에서 오래 지내야 할지 모른다. 가능한 다시 자라도록 뿌리는 남겨두었다.

이끼도 훑어 먹었다. 이끼는 많이 자라 있어서 부담 없이 먹을 수 있었다.

진자강은 이끼의 냄새를 맡아 기억해 두었다. 보이지 않는 상황에서는 냄새로 이끼를 찾는 것이 도움이 될 터였다.

벽에 맺혀 있는 습기를 혀로 핥아 갈증도 해소했다.

곧 배가 사르르 아파 오기 시작했다.

이 갱도는 원래 단사(丹砂)를 주로 캐던 곳이다. 단사는 다섯 종의 오석(五石) 중 하나로 수은과 유황이 섞인 광물이다.

오석은 불로장생(不老長生)의 약을 조제하는 데 쓰이는 재료인데 본래는 맹독성을 지니고 있어 따로 오독(五毒)이라 부를 정도다.

당연히 여기에서 자라는 이끼며, 맺혀 있는 습기에도 단사의 독성이 스며 있었다.

"으으!"

진자강은 배를 감싸 쥐고 웅크렸다.

잠시 시간이 지나니 고통이 좀 가라앉았다.

진자강은 아무 일도 없었던 것처럼 다시 무너진 입구가 있는 원래의 자리로 기어서 돌아왔다. 앞이 전혀 보이지 않고 다리까지 불편해 오가는 데에 오랜 시간이 걸렸다.

그곳에서 막힌 입구를 찾아내어 더듬었다.

푸스스스.

부서진 돌가루며 흙이 잔뜩이다. 만지기만 했는데 흙이 떨어져 내린다.

이대로는 파낸다 해도 또다시 무너질 것이고, 진자강도 매몰되어 버리고 말 것이다.

게다가 진자강의 힘으로는 널빤지를 대고 지보공을 세우

고 하면서 나아갈 수도 없다.

그러나 진자강은 포기하지 않았다.

'차라리 딱딱한 바위 부분을 파 나가자.'

그때까지 생존자들이 파고 있던 자리는 과감히 포기했다.

대신 그 옆쪽으로 딱딱한 암반이 있는 부분을 더듬어 확인했다.

정과 망치를 찾아 암반을 조금씩 쪼아 보았다.

따앙, 땅.

생각처럼 쉽지 않았다. 손이 울려서 손아귀가 찢어질 듯아팠다.

'할 거야. 해낼 거야.'

진자강은 이를 악물었다.

죽어 간 이들의 얼굴을 차례로 떠올리며 복수심을 가다듬었다.

정과 망치를 쥔 손에 힘이 들어갔다.

땅! 땅!

'난 반드시 이곳을 나갈 거야!'

이곳을 나가는 순간, 석림방과 무림총연맹에게 그 대가를 치르게 해 줄 것이다.

그때에 한편의 지옥도가 펼쳐질 건 자명한 일이었으나 진자강은 더 이상 두렵지 않았다.

마지막 생존자였던 보삼문의 털북숭이 사내가 죽었을 때에, 진자강은 이미 스스로 수라(修羅)의 길로 들어섰음을 깨닫고 있었다.

*　　　*　　　*

망료는 굉장히 오랜 시간을 같은 자리에 앉아 있었다.

낮이든 밤이든, 해가 쨍쨍 내리쬐든 비가 오든 같은 자리에서 계속 무너진 입구를 지켜보고 있었다.

머리가 자라 어깨를 덮고 수염도 덥수룩해졌지만 개의치 않았다.

망료의 온 신경은 오로지 무너진 입구를 향해 있을 뿐이었다.

본래 망료도 포기하려 한 적이 있었다.

석림방에서 광산을 무너뜨린 지 오 일쯤 지났을 때였다.

망료는 망연자실해하고 있다가 문득 작은 진동을 느꼈다.

산사태라도 일어나는 기미인가?

그러나 그것과는 다른, 또 다른 느낌이 망료의 육감에 감지되었다.

망료는 재빨리 무너진 광구로 가 바위에 귀를 대었다.

쿠르르르.

무너지는 소리였다.

안쪽 갱도의 어딘가가 무너지는 소리다.

그것도 입구 쪽에 가까운!

갑자기 가슴이 뛰었다.

이미 무너진 지 오 일이나 지났으니 여진(餘震)이 발생했다고 치기엔 미묘했다.

'안쪽에서 놈들이 탈출하려고 굴을 파고 있었구나!'

그러다가 굴이 무너진 듯하다.

하나 그 소리가 들려온 후로 더 이상은 아무런 소리도 들려오지 않았다.

밖에서 망료가 할 수 있는 일은 없었다. 망료가 헛짓거리를 하지 못하도록 감시하는 눈들이 있었다.

할 수 있는 건 기다리는 일뿐이었다.

'너는 이렇게 죽을 놈이 아니지. 다른 놈들의 시체를 뜯어 먹고서라도 살아 나올 놈이야. 내게 살아 있다는 증거를 보여라! 어서!'

그래서 망료는 기다렸다.

반드시 진자강이 살아 나올 거라고 생각하면서.

그러던 어느 날 밤새도록 심한 비가 쏟아졌다.

그리고 그 이튿날 아침.

마침내 망료는 보았다.

자신의 염원을 담은 진자강의 흔적을.

무너진 갱구 앞에 고인 물웅덩이.

거기에 자그마한 파문이 일고 있었다.

그건 아주 작은 동심원이었다. 눈여겨보지 않으면 알 수도 없을 만큼의 작은 진동으로 인한 동심원이다.

아무리 귀를 기울여도 들리지 않는 소리.

아무리 감각을 곤추세워도 망료가 느낄 수 없는 작은 미동.

그것이 물웅덩이의 표면에서 보여지고 있었다.

심지어 물웅덩이의 파문은 미약하지만 규칙적으로 계속 생겨나고 있는 중이었다.

망료는 소름이 끼쳤다.

'놈이 살아 있다!'

그때는 이미 무너진 지 보름이 훨씬 지나 있었다.

보통 사람이라면 굶어 죽고도 남았을 충분한 시간이었다.

가슴이 뛰었다.

"크크크."

웃음이 나왔다.

그야말로 질긴 목숨이 아닌가!

"그래야지, 그래야 네놈이라 할 수 있지!"

망료는 그때부터 파문을 주시했다. 다른 자들의 시선을

끌까 봐 억지로 물웅덩이를 만들 순 없었다.

비를 기다리거나 소변을 보거나 해서 자연스럽게 생긴 물웅덩이를 관찰했다.

놀랍게도 물웅덩이에 생겨난 파문은 굉장히 오랜 시간 규칙적으로 이어졌다.

망료는 그 후로도 오랜 시간을 같은 자리에 있었다.

그때까지도 물웅덩이에 규칙적으로 생겨나는 파문은 사라지지 않았다.

만일 망료가 처음부터 그 자리에서 지켜보지 않았다면 그것이 인위적인 파문이라고 생각하기 어려웠을 터였다. 망료조차도 이것이 정말 진자강이 살아 있는 신호가 맞는지 중간에 의심했을 정도였다.

하지만 진자강이 일으킨 신호는 확실했다.

파문은 처음엔 한 시진을 이어지다가 멈추고 또 한 시진을 이어지다 멈추더니, 세 달이 지난 지금은 하루에 반나절 이상을 울리기도 했던 것이다!

망료는 혹시나 다른 기미가 있는지 다시 확인해 보았다.

소리는 여전히 들리지 않았고 진동도 느껴지지 않았다. 너무 미약해서 망료가 듣거나 느낄 수 없는 것이다.

대신 물웅덩이의 표면에서 일정하게 울리는 파문만이 진

자강이 살아 있음을 알게 해 주었다.

"생각보다 오래 걸리겠군."

석 달 동안 진행됐는데도 변한 게 없다면 굉장히 멀리서 굴을 파고 있거나 혹은 진행이 더디다는 뜻이다.

망료는 흙더미 가득한 갱구를 노려보다가, 결국 몸을 일으켰다.

"기다림은 지루하지 않으나 이렇게까지 살아 나온 네놈을 그 자리에서 쳐 죽이기엔 아깝구나. 겨우 그 정도로는 내가 겪은 고통을 보상해 줄 수 없느니라."

의외로 망료의 얼굴에는 미소가 어려 있었다.

"네놈이 살아 나왔을 때 어떻게 될까? 네놈의 성격상 석림방을 가만두지 않겠지? 그리고 왜, 누가 광산을 무너뜨렸는지 궁금해하겠지?"

망료는 아이처럼 배를 잡고 웃었다.

"낄낄낄!"

입은 웃고 있는데 눈에는 소름 끼치도록 표독한 기운이 어려 있었다.

"하지만 결코 네놈이 생각한 대로는 되지 않을 것이다."

망료는 뒤도 돌아보지 않고 광산을 내려가 버렸다.

석 달 만이었다.

＊　　　＊　　　＊

"독활, 작기, 백복령, 천궁, 당귀……."

따앙, 땅!

진자강은 쉴 새 없이 중얼거리며 망치질을 했다.

"형송의긴, 의수단전, 내삼합……."

갱도를 기어 다닐 때에도, 먹을 때에도, 암반을 팔 때에도.

진자강은 잠자는 시간을 제외하고는 전수받은 내용을 계속해서 외고 또 외웠다.

그렇게라도 하지 않으면 이 칠흑처럼 어둡고 고요한 공간을 홀로 버티는 것이 쉽지 않은 노릇이었다.

잠시도 쉬지 않고 움직였기에 진자강은 시간이 가는 줄 몰랐다. 그 시간이 느린지 빠른지조차 알 수가 없었다.

처음엔 그저 몸이 전해 주는 배고픔만으로 시간을 가늠했지만 그것도 차차 잊어 갔다.

어느샌가 망치질조차 손에 익은 걸 보면 시간이 꽤 흐른 건지도 모른다.

땅, 따앙.

진자강은 망치질을 하다가 멈추었다. 굉장히 오랜 시간 정을 쪼았는데 이제 겨우 사람 한 명 들어가면 그만인 굴이 생겼다.

굴의 위를 만져 보았지만 단단한 암반이라 그런지 무너질 것 같지는 않았다.

진자강은 먹을 것을 구하러 가기로 했다.

정과 망치를 놓고 일어서서 걸었다.

문득 더 이상 기어 다니지 않게 되었다는 걸 깨달았다. 갱도의 길과 장애물의 위치를 모두 기억한 탓도 있겠지만, 이유가 그것만은 아니다.

부목이 더 이상 필요가 없어진 것이다.

진자강은 부목을 떼고 조심스럽게 걸음을 옮겨 보았다. 부러진 데가 조금 시큰하다 싶었지만, 걸을 만했다.

완전한 상태로 도수정복이 되지 않은 탓에 여전히 다리를 살짝 절었지만, 다리에 힘을 주고 꼿꼿이 걸으면 보통 사람과 똑같이 걸음을 걸을 수 있었다.

그러나 아무도 없는 이곳에서 그렇게 할 필요가 있을까?

근 일 년을 넘도록 다리를 절룩이면서 걷는 게 익숙해져서인지 제대로 걷는 게 오히려 더 어려운 진자강이었다.

*   *   *

땅, 땅!

진자강의 하루는 대부분 굴을 쪼는 일이었다.

무너지지 않도록 단단한 암반만을 골라서 쪼아 나갔기 때문에 속도는 매우 더뎠다.

　한 달 내내 정을 쪼아도 겨우 한 걸음 들어갈 정도나 팔 수 있었다.

　그것은 진자강이 사람들에게 전수받은 내공심법을 익히는 것과 비슷하게 어렵고 오랜 노력이 필요한 일이었다.

　앞을 가로막은 바위가 자신의 꽉 막힌 전신 기혈과 마찬가지였던 것이다.

　어차피 둘 다 성과를 보려면 상당한 시간이 필요했다. 마음만 급하다고 되는 게 아닌 것이다.

　때문에 진자강은 포기하거나 안달하지 않았다.

　그저 매일 꾸준히 해야 할 일을 할 뿐이었다.

　어느덧 사람들에게 전수받은 진전을 하나도 빼놓지 않고 모두 욀 수 있게 되자, 그때부터는 정을 쪼면서도 단전 호흡을 연습했다.

　너무 어두워서 아무것도 보이지 않는다는 걸 제외하면 이 갱도에서 진자강을 위협할 수 있는 건 아무것도 없었다.

　진자강은 마치 폐관 수련을 하듯 필요할 때마다 최대로 집중력을 끌어 올릴 수 있었다.

　어떨 때는 시간이 얼마나 흘렀는지도 모르고 정을 쪼는 일에, 단전 호흡을 하는 일에 정신없이 몰두해서 배가 끊어질 정도로 고파 오는 때도 있었다.

*   *   *

계절이 바뀌고 온산의 녹음이 알록달록한 단풍으로 물들
었다.

무너진 광산의 앞에 망료가 나타났다.

불현듯 광산을 내려간 지 두 달 만이었다.

망료는 이전처럼 양어깨에 목발을 끼운 채였는데, 어깨
에 가죽 포대를 짊어지고 포대가 떨어지지 않도록 포대의
주둥이 끈을 이빨로 물고 있었다.

그런데 망료의 몸은 어딘가 이상했다.

몸 곳곳에서 피를 흘리고 있었다. 옷은 죄다 찢겨져 있고
곳곳에 칼로 베인 상처도 역력하다. 가뜩이나 화상이 심한
얼굴의 뺨에도 찢긴 상처가 나 있었다.

망료는 힘들게 목발을 짚어 광산 앞으로 왔다. 갱도는 여
전히 무너져 있는 상태 그대로다.

망료는 이빨로 포대를 돌려 아래에 내려놓고 목발을 내
던졌다. 그러고는 그냥 그 자리에 주저앉았다.

털썩.

"후우우."

숨을 가라앉힌 망료는 손으로 이마의 땀을 닦았다. 그러나 손에는 피가 흠뻑 묻어 있어서 오히려 이마에 핏자국만 남았을 뿐이다.

그러나 망료는 별로 개의치 않고 주저앉은 채 무너진 광산의 입구를 마냥 바라보았다.

"끄응."

몸 곳곳의 상처 때문에 통증이 있는지 망료는 표정을 찡그렸다.

그러더니 옆에 내려 둔 포대를 열어 그 안에서 잘 구운 돼지 다리를 꺼냈다. 배가 많이 고팠는지 거침없이 돼지 다리를 뜯었다.

으적으적.

포대 안에서 술도 한 병 꺼냈다.

술을 한 모금 벌컥벌컥 마시고는 앞의 널찍한 바위 위에다 부었다.

쪼르르륵.

술이 고여 작은 웅덩이가 만들어졌다.

시간이 어느 정도 지난 후, 망료는 술로 만든 웅덩이를 가만히 지켜보았다.

망료의 얼굴에 희미한 웃음이 어렸다.

망료는 그 앞에서 먹고 마시며 며칠 동안 시간을 보내다가 자리를 떠났다.

＊　　＊　　＊

망료가 다시 무너진 광산의 입구를 찾았을 때에는 겨울이었다.

망료는 여전히 목발을 짚은 채였고, 몰골은 거의 거지꼴에 가까워져 있는 상태였다.

수염이며 머리는 몇 달을 다듬지 않았는지 지저분하게 자라 있었고, 옷은 몇 달 전 찾아왔을 때 찢어진 그대로였다. 피며 얼룩이 시커멓게 져 있었다.

하지만 그때와 달라진 건 망료의 외눈이 내뿜는 눈빛이었다.

망료의 눈빛은 매우 날카롭고 형형한 기운을 내고 있었다. 보기만 해도 오금이 저릴 정도로 무형의 기운이 줄기줄기 뻗어 나오는 듯했다.

몸의 독기 때문에 누런색으로 침착되어 실핏줄이 가득하던 눈자위는 놀랍도록 맑아져 있었다.

망료는 지난번과 마찬가지로 음식이 든 포대를 짊어지고 왔다.

포대에서 술병을 꺼내 약간 오목하게 패인 바위에 술을

부어 작은 웅덩이를 만들어 놓고는 포대 안의 음식을 꺼내 먹으며 시간을 보냈다.

며칠을 그렇게 시간을 보낸 망료는 마지막으로 웅덩이를 확인하고는 뒤도 돌아보지 않고 광산을 떠났다.

*　　　*　　　*

망료가 다시 광산에 모습을 드러낸 건 거의 열 달이 더 지난 후였다.

지난겨울에 마지막으로 찾아왔던 광산 입구는 모습이 많이 변해 있었다. 바위틈마다 풀이 자라고, 무너진 흙더미들도 단단하게 굳어져 바위로 변해 가는 중이었다.

한데 망료의 외양 역시 심하게 변해 있었다.

망료의 양다리가 모두 잘려 있었던 것이다. 마비되어 기능을 잃고 그냥 장식처럼 붙어 있을 뿐이던 오른 다리가 무릎 아래에서 끊어져 있었다.

그리고 두 다리에 모두 나무로 만들어진 의족을 붙였다.

의족이 아직 익숙하지 않은지 망료는 목발 두 개를 여전히 함께 쓰고 있는 채였다.

뚜걱, 뚜걱.

망료는 광산 앞으로 가 자리를 잡고 앉았다.

바위에 술을 붓지 않고 이번엔 포대에서 술잔을 꺼냈다.

술잔 두 개를 꺼내 술을 가득 채우고 하나는 바위 위에 올려 두었다. 그리고 하나는 자신이 들이켰다.

"크으."

몇 잔의 술을 더 마신 후, 바위 위에 올려 둔 술잔을 쳐다보았다.

찰랑.

가득 찬 술잔의 수면이 흔들리고 있다.

망료는 광산의 주위를 휘둘러보았다.

벌써 이 년이 다 되어 간다.

그동안 저 아래 세상에도, 그리고 자신에게도 수많은 일들이 있었다.

하지만 진자강은 여전히 땅을 파고 있을 뿐이다.

자신은 이 환한 햇빛 아래에서 자유롭게 생활을 만끽하고 있지만, 진자강은 빛도 없는 컴컴한 저 갱도에서 오로지 복수만을 꿈꾸며 이 년째 같은 행동을 하고 있는 것이다.

망료는 흐뭇하게 웃었다.

답답할 이유도 안달복달할 필요도 없었다.

시간이 길어지면 길어질수록 진자강의 고통이 깊어질 거라는 걸 알고 있기에 기다림은 조금도 지루하지 않았다. 진자강의 고통은 곧 자신의 행복이었다.

망료는 다른 때보다 오래 광산 앞에서 먹고 자며 지내다
가 보름 만에 떠났다.

* * *

삼 년째.

망료가 다시 광산을 찾았다.

이번엔 목발을 한쪽에만 짚고 있었다.

뚜걱. 뚜걱.

오른발의 무릎은 살렸지만 왼쪽 다리가 무릎 위에서 끊
어졌기 때문에 의족을 붙였어도 양쪽이 비대칭이라 여전히
절뚝거리는 망료였다.

그러나 망료의 걸음은 굉장히 가벼웠다. 목발을 수족처
럼 자유롭게 다뤘고, 의족으로 걷는 데에도 전혀 지장이 없
었다.

의족이 바닥을 찍는 소리조차 경쾌했다.

걸음만 바뀐 게 아니라 외모도 바뀌었다. 망료는 고급진
묵색의 비단 장포를 걸치고 머리도 깔끔하게 상투를 틀어
비단 끈으로 묶었다. 수염도 잘 다듬어 놓아 더 이상 걸인
처럼 보이지 않았다.

얼굴의 화상이나 흉터는 어쩔 수 없지만 인상은 이전과

완전히 달랐다.

눈빛 때문이었다.

망료의 눈빛은 매우 평범했다.

눈이 너무 맑아서 아이처럼 깨끗해 보이는 게 조금 이상해 보일 뿐, 형형한 기운도 보이지 않았고 특별히 날카로운 기운을 내뿜지도 않았다.

마치 탈속한 고승(高僧)처럼 담담한 눈빛일 따름이었다.

뚜걱, 뚜걱.

망료는 더 이상 음식 포대를 들고 있지도 않았다.

술이나 물로 웅덩이를 만들지도 않았다.

그저 눈을 감고 무너진 입구 쪽에 손을 댄 채 조용히 내공을 끌어 올렸을 따름이었다.

고도로 끌어 올린 청력(聽力)과 극도로 민감해진 손끝의 감각에 둔탁한 울림이 느껴져 온다.

터……엉, 텅, 터어엉.

소리는 작년보다도 훨씬 가까워져 있었지만 아직도 지표까지 나오려면 한참이나 멀었다.

그런데 다른 게 마음에 걸린다. 망치로 정을 쪼는 듯한 소리가 일정하지 못하고 매우 불규칙적으로 들려왔던 것이다.

"흐음."

잠시 생각하던 망료가 묘한 표정으로 고개를 끄덕거렸다.

"네놈에겐 아직도 시간이 필요한 모양이구나. 좋다. 그까짓 시간, 얼마든지 기다려 주지."

망료는 즉시 일어서서 내려갈 준비를 했다.

원래 삼 년이나 망치질을 했으니 아무리 어린아이라도 망치질이 손에 익었어야 한다. 무의식적으로 몇 년을 때리다 보면 나중에는 일정한 속도에 일정한 힘으로 망치질을 하게 된다.

그게 정상이다.

한데 진자강이 내는 소리는 불규칙적이다.

심지어 소리 중에 간혹 섞여 있는 날카로운 느낌이 망료의 감각을 찌릿찌릿하게 한다.

망료는 단언할 수 있었다.

진자강은 갱도 안에서 무공을 익히고 있는 중이었다.

*　　　*　　　*

오 년째.

망료는 여전히 광산을 찾았다.

고요히 눈을 감고 무너진 바위들에 손을 대었다.

소리와 진동을 감지해 보던 망료의 외눈에 약간의 희열이 생겨났다.

"이제 정말로 머지않았군."

망료는 들뜬 얼굴로 바위에 얼굴을 가져다 댔다. 양손을 바위에 댄 채 마치 바위의 바로 건너편에 누군가 있는 것처럼 친근하게 말했다.

"자아, 어서 오너라. 그리고 나를 기쁘게 해 주거라. 오래 기다린 만큼 네가 날 만족시켜 줬으면 좋겠구나."

으지직.

바위에 망료의 손이 파고들어 가며 뚜렷하게 손자국을 냈다. 이전에는 상상도 못 했을 어마어마한 공력이었다.

망료는 빙긋 웃고는 목발 하나에 의지해 다시 산을 내려갔다.

뚜걱, 뚜걱!

＊　　　＊　　　＊

팔 년째.

땅!

날카로운 파열음이 들리면서 무너진 광산 입구의 한참 옆쪽에 작은 구멍 하나가 생겼다.

작은 구멍으로 봄날의 따뜻한 햇빛이 새어 들어갔다.

작은 구멍에서 들릴 듯 말 듯 낮은 신음이 흘러나왔다.

그것도 잠시, 아무 일도 없던 것처럼 아무런 소리도 들려오지 않았다.

그리고 깊은 밤.

갑자기 작은 구멍을 무너뜨리며 손 하나가 튀어나왔다.

와그르르.

구멍이 허물어져 내렸다.

사람 한 명이 겨우 나올 만한 그곳 구멍으로, 새카만 몸의 진자강이 기어 나왔다.

"허억! 허억!"

진자강은 팔 년 만에 맛보는 바깥 공기를 미친 듯이 들이마셨다.

하늘에 휘영청 밝게 빛나는 달빛에 비친 진자강의 눈이 소름 끼치게 번뜩였다.

그것은 그야말로 지옥의 불구덩이를 기어 올라온 수라의 눈빛이었다.

〈다음 권에 계속〉